你要好好的

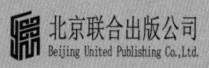

你要好好的

苑子文 作品

图书在版编目（CIP）数据

你要好好的 / 苑子文著． — 北京：北京联合出版公司，2019.8
 ISBN 978-7-5596-3319-4

Ⅰ．①你… Ⅱ．①苑… Ⅲ．①中篇小说—小说集—中国—当代②短篇小说—小说集—中国—当代 Ⅳ．① I247.7

中国版本图书馆CIP数据核字（2019）第 115830 号

你要好好的

作　　者：苑子文
责任编辑：龚将　夏应鹏

北京联合出版公司出版
（北京市西城区德外大街83号楼9层　100088）
北京盛通印刷股份有限公司印刷　新华书店经销
字数：163千字　880mm×1230mm　1/32　印张：8
2019年8月第1版　2019年8月第1次印刷
ISBN 978-7-5596-3319-4
定价：46.80元

未经许可，不得以任何方式复制或抄袭本书部分或全部内容
版权所有，侵权必究
如发现图书质量问题，可联系调换。质量投诉电话：010-82069336

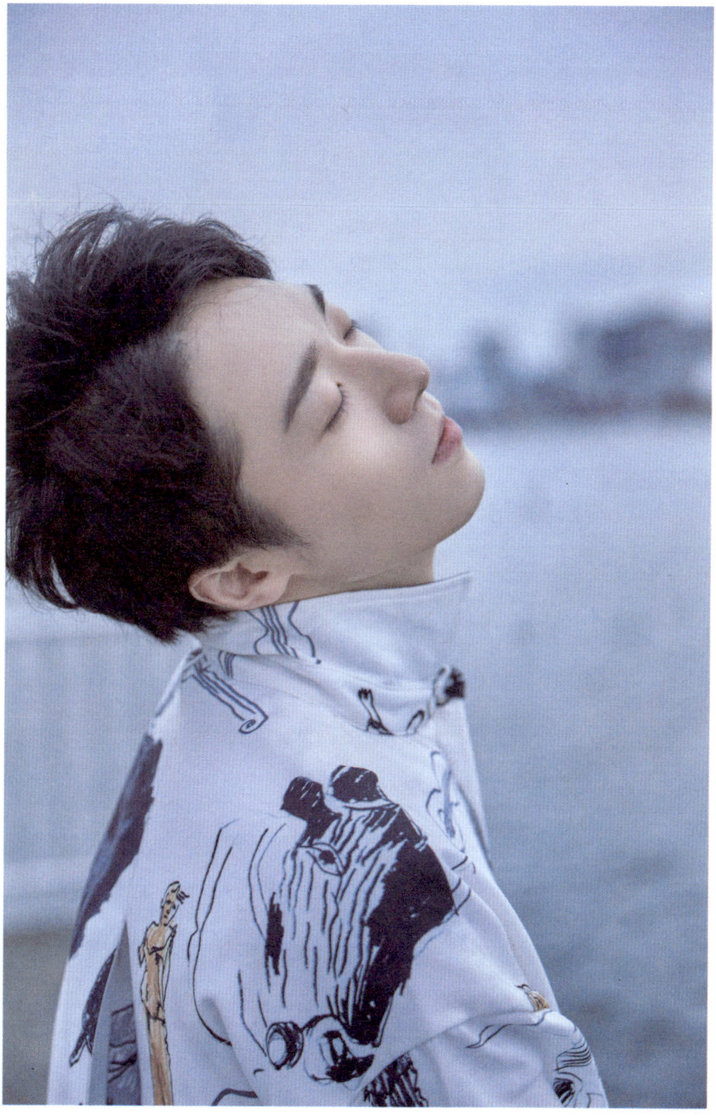

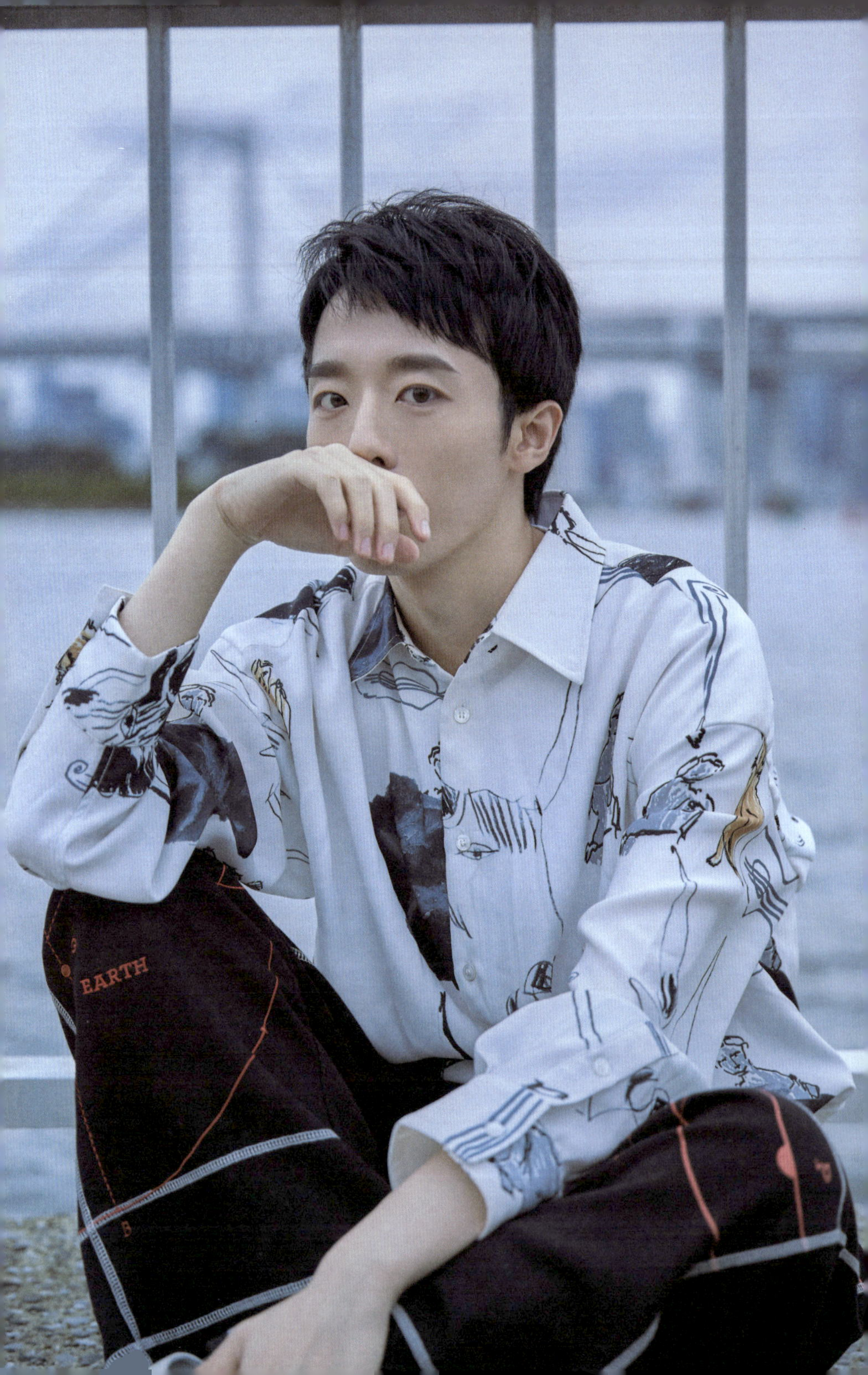
EARTH

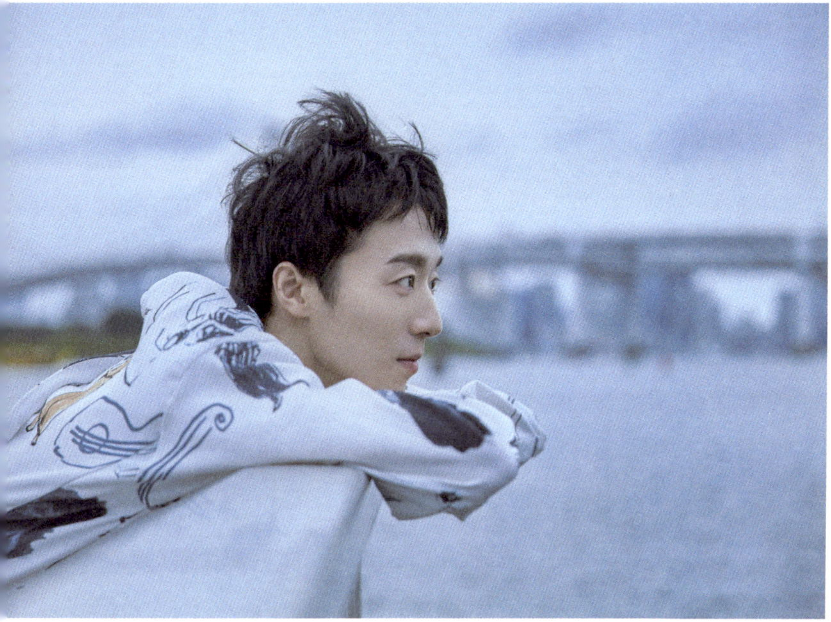

序 你要好好的

PREFACE

NO 01

　　此时此刻写下这篇序的时候，正是 2018 年的最后一天，我在东一区的巴黎，天微微亮。

　　这几天我常常裹件羽绒服穿条运动裤就出门了，兜里揣着不多的现金，除了一个电脑包，什么都不带。

　　一早沿着被晨露打湿的马路直走，在街角的小小面包店买到念了一整晚的牛角包。这家店我来了大概几十次，就像小王子用心浇灌的玫瑰花一样，它也慢慢成了"我的面包店"。

　　好像你越是给某件事物一个联结，它便越是靠近你心里的那个定义，当你赋予一件事物十足的归属感时，它就会变得格外亲切，直至与你有关。

　　走出香气弥漫的面包店，冷气毫不客气地就朝身上涌来，我习惯性地将找零的硬币丢给坐在地上头也不抬的流浪汉，然后赶紧把手缩进衣袖，快步朝前走去。

这一路都能看到在地上啄面包渣的肥硕鸽子，穿着宽松工服挪运垃圾的男人，还有赤腿遛狗的欧洲小男孩。我常常在脑海里将他们同北京胡同栅栏里的麻雀，穿橙色衣服的环卫工人，还有家楼下流着鼻涕玩滑梯的小孩儿做对换，然后微微一笑，能在平行时空里收纳整理这些毫不相干的细节，也算是件既无聊又有趣的事吧？

我喜欢任凭思绪闲逛游走，花费一些时间在无目的的思考上，好像此刻就连手里的面包袋，都随着轻快的步子被颠簸得自由任性。

在这个没什么人认识我的地方，丢掉思想包袱和行为束缚，我想尽可能做些可爱的、忠于自己的事情。有那么一瞬，我能真实地感受到一种珍贵的自由，不像遇水飘荡的芦苇叶，也不像随风迁徙的候鸟，那是有意建构的、随性拼凑的，只有自己明白，又只属于当下的抽象的快乐。

晌午时刻，已经太多年没有碰触感情的我给自己买了枚戒指，随性地戴在了无名指好看的位置，不考虑符号背后的含义，只是想让它记录彼时彼刻我那难得郑重的自我承诺。

后来，坐在街边的咖啡厅，我与一位打扮精致、言语间夹杂着法语和英语的老太太费劲地神谈，被她调侃我是她少见的喝咖啡不放糖的亚洲男孩，而我吃面包前仔细地用免洗洗手液洗手的动作，也能让她咯咯地笑出声来。

下午三点钟，老太太准备回家了，我也不可免俗地逛一逛景点。卢浮宫已经去了好几次，每次都盯着莫奈的画看很久，虽然不是什么资深粉丝，可每次看也能在心里共情地构建出他笔下的那个世界。我偏着头，在面前小小一方艺术品中，努力寻找着一百多年前那位极具感染力的追光者，虽然只能窥见一斑，但依旧为能花大把时间投入地去理解一件费解的事而感到幸福，可能这才能称之为真正的"追逐"和"喜欢"吧。

坐在"晚高峰"拥挤的地铁里，我看到很多棕色长发的女生拿书阅读或攀谈，而坐在另一边穿着超大号西装的老爷爷正戴着厚厚镜片读竖版印刷的小册子，呼吸声厚重清晰。我掏出手机打开备忘录，写了好多个片段，深知它们不会被用于任何社交媒体和出版物，但那一刻我只是很想写，想自由表达一些无关紧要的东西，颇有"且就洞庭赊月色，将船买酒白云边"的意思。

其实我永远地无法真正混入巴黎这座城市，因为我来自原本属于自己的地方，与这里的人有着不同的生活习性，以及难以短时间改变的文化认同，但不得不说，让自己试着若即若离地融入一个陌生的国家，恰到好处地成为群体中并不起眼的一员，享受真正"解放自己"的乐意自在，是一件挺难得又值得做的事情。

我们都一样，当身体和心性被束缚久了，就总想去建筑张扬的城市游荡，去氛围不羁的酒吧，看肆意流动的旗帜，吃浓油赤酱的食物，总之酣畅淋漓顺遂心意就好。

但现实是，自由难得短暂，你总要先把眼下的事情做好，哪怕是迫于无奈。

年初在横店拍戏的时候，是完完全全的工作状态，将近半年的拍摄周期，只有在很重要的外出安排时才能离开剧组，换一口稍微不同的空气呼吸。其余时间基本就是在片场、酒店两点一线的生活。

那是我第一次离开弟弟一个人工作这么长时间，因为生活阅历很浅，在诠释一百多年前的人物角色时总是很费力。然而很多时候，付出是根本不能得到立竿见影的改变的，作为普通人，我们的大多数努力都是在蛰伏。我很尽力去做了，但依然做不好，就像你很认真去爱了一个人，依然爱而不得，于是只能在无数次否定自己和重新站起之间，将信将疑地过着一日一日。

坦白讲那段时光挺难得的，因为那是人生中极少的特殊时刻，几乎每天都在被打击，不只是拍戏的辛苦，也不只是受委屈的心劳，而是你对自己很清醒地发问——我是谁？将要去哪？我该做什么？

身边很少的朋友，固定的戏码和台词，按时按点地出工收工，重复的工作餐，就连每天上车的动作几乎都一模一样。还来不及想太多，就一场戏又一场戏地把一整个季度过完了。

在那段时间里，我好像被什么东西蒙住了眼，那种看不清的感觉，令人生畏。

以前我莫名觉得自己幸运，活在一个极其简单纯粹的世界里，读书、升学、和弟弟一起成长，接纳着来自自己小小世界以外的善意，每一天都能开心傻笑出来，心无杂念。

可后来的生活很复杂，它像一个莫测高深的魔术师，总是给我好的，又给我坏的，给我精彩的，又给我糟糕的，给我想要的，又给我难以承受的，在一次次失落和补给中，人往往变得一面脆弱一面贪婪。

于是我孤独地收起快乐的触角，在复杂的成人世界里试图将它们隐藏起来，只悄悄地感受那些看起来朝气蓬勃或者郁郁寡欢的情绪，并在极为丰富甚至冲撞的人生体验中努力保持明觉。

那段时间，我一度觉得压抑。无力改变当下被动的状态，成为每天睁开眼第一个心结。那时的愤怒也好，欣喜也好，都通通变得柔软平淡，就像是常年卧病的人在一个温床上待久了，面对空寂的天花板也不再狂躁，不再发问，日子开始变得无比冷静，突然有一种彻骨的孤独。

我开始每天看着酒店楼下的街道，看着空无一人的荒山，看着不远处的学校里，来来往往那么多青春可爱的男孩女孩们，突然间有那么一瞬，我觉得这是人生中不可避免的，低潮。

所以后来，在那段"看不见"的日子里，我总是思考"意义"——选择的意义，行为的意义，曲折的意义，结果的意义……但你也知道，意义的本身可能也没有很大意义。你把你所思考的这件事，放在人生漫长的进度条里，那充其量只是你在追求人生意义的过程中肆意蹦出来的一个问号或叹号，纯粹地自我打发时间罢了。

思来想去，好像没有什么事是拥有"绝对意义"的，我们只能对应着不同的片刻，去采撷那些串联我们从落地哭啼到停止呼吸的吉光片羽，即使可能充满困难，也许你早已疲倦，抑或它们在大部分人眼中根本就是索然无味的。

人都是这样长大然后变老的。

回想过去一年，惊喜尚且温热，遗憾还未放凉，我也在思考一个问题，我到底想过什么样的生活？

这世上有比成功更可贵的健康，有比健康更重要的快乐，有比快乐更深刻的人生价值，我们总是在匆匆追求，却忽视了追求这个词的背后，才真是个无穷尽的世界。

好像成年之后，我们走的每一步，都比以往要更大步子。因为不管你走得多快多远，你总想要更快更远一点儿。我们不断给自己设置新的目标，以此当作人生中的挑战，只有当你实现它的时候，才长舒一口气,算是迈上了新的一阶。

但人生真的要登上一阶又一阶才是正确的吗?现在仔细想想,拍戏那段时间的全部快乐,好像并不是来自多么伟大的成就感,相反都是很渺小的,轻轻的,很细腻的感受。

就像即将从横店回家过年的前夜,一个人放着很舒缓的音乐慢悠悠收拾行李到两点,不担心熬夜影响第二天的工作,不怕皮肤变差,也不用自言自语早已经烂熟的台词戏码,唯一的烦恼大概就是拟定一份第二天到家的菜单,这对想了太久家乡菜的人来说,实在为难,我想把所有招牌菜都尝一遍。

就好像每次出差归来,从杭州机场要乘两个小时的车回到横店,一路上可以看到特别美的风景,油画一样的村庄,整片的绿野,与钢筋水泥的城市形成鲜明对比,就连电线杆好像都不那么笔直,在飞快的高速上,它们弯下腰和你打招呼为伴。那一段路,春时树木葱茏,冬日银装素裹。每每走在这样的路途中,我都会感到在造物主面前,内心的坏情绪是那么的不足为道。

就好像某一天精疲力竭地收工,一个群众演员突然说想和我拍张照,拍完他说跟我演了好几天,很欣赏我戏里戏外的状态,说完憨憨一笑。那一刻我发自真心地感谢他,其实可能有时来自陌生人的半点善念好感,都可以拯救一个人压抑很久的坏心情。

好像是出外景饿得肚子咕噜叫时路过小脏摊的惊喜;是睡过头错失早餐,酒店却依然为你留了一碗白粥的温暖;是第一百次否定自己之后，第一百〇一次重新给自己打气决定继续勇敢。

这些快乐，是我偷偷感受到的，也是蕴藏在阳光和微风里的。是真实的，也是主观的；是封闭的，也是开阔的；是属于我的，也是所有人都会有相同感受的快乐。

经历过一段时间接近抑郁的坏心情后，我对生活有了新的理解，甚至通透。人生有很多开心潇洒的高潮，相应地也就会有很多痛苦难挨的低潮，但大道至简，生活的本质是返璞归真，是有能力享受最平凡的快乐。

我们在精心垒砌的那个舒适圈里享受非常有安全感的幸福时，也要学会如何面对无法抵御的烦恼和不可承受之重，当你游刃有余地平衡好高潮和低潮，便无意中减少了诸多不必要的忧扰。

NO 02

几年前社交媒体正兴盛，我受到热烈地追捧，觉得那是量化的认同，后来拼命地想去证明自己，像小时候想证明自己有同山岿然的气魄一样，长大后很想证明自己有能力看到更广阔的世界。

于是不停地飞行，和粉丝见面，化妆又卸妆，对着镜头念起广告词……但有一天，我在录完一档红遍大江南北的节目时，突然间怔住了,我有些迷茫。

当真正站在闪耀的地方,受到更多的瞩目,当终于飞上万米高空,也穿过半个地球,然后呢?灵魂深处的我对自己展开咄咄逼人的发问:你在经历这些的时候,花时间去了解自己的内心了吗?

谁都有年少时一心追逐灿烂的时候,想要热烈,想变得特别,想成为逆流而上冲劲十足的鲑鱼,好像只有这样,生活才是跃动而鲜活的。但随着自我意识的发展,我开始对这些想法有不同程度新的理解。

太多声音在我们耳边轰隆而过,琳琅的选择经常挑花眼,我们拿时间去试错,想把生活过得壮阔,却往往忽略了内心真正的渴求。

你确实是一个热爱社交的人吗?

有必要一定要强迫自己做那件不喜欢的事吗?

在觥筹交错或眼笑眉飞的时候,知道父母过得如何吗?

我们失去了某样东西,真的就那么难以接受吗?

……

这些问题就像一面陈旧的墙,表面被粉饰了一层还没褪去味道的新漆,只从外观很难分辨出什么结果,只有在回归自我的时候才能看清楚,哦,原来内心世界早已如此暗潮汹涌,这个地方,我曾经来过。

当有一天我不再频繁地出现在无效社交的聚会上,当我不再关注走在路上到底有多少人认识我,当我逐渐认清网络上的谬赞和批评只是一段谨代表个人立场的文字,当我慢慢试着宅在家里看书,打开电脑安静地放电影,开始有规律地写作,偶尔心无旁骛地练练字,沿着楼下的河边走向远处的粉霞……我认识到这种只关乎自己的状态,既清闲又自在。

好像你和时间的距离,不是铜墙铁壁,而是融为一体,你能清醒地溯源过去,能踏踏实实等待未来,更能够坚定自己当下的生活。这种平静下滋生的无声成长,正是当今着急奔跑超越、焦虑于成功学的年轻人所需要的。

认清生活的无常与寻常,人也应该回归自己。

大风大浪、波峰波谷,人终究都要回到自己的既定位置。

No 03

这本书从 2017 年的仲夏构思,到 2018 年冬末收笔,我出书的时间变得长了,因为很怕写出来的东西不如从前。

这本书里有篇文章叫《我也想成为你的骄傲》,讲的是一对异父异母的兄妹之间发生的故事。我写这篇文章的时候,特别顺手,因为这个故事就发生在我身上,发生在我生活的周围,甚至可以说与每一个你有关。

我们每个人无时无刻不被比较着,从上学时候的考试成绩,到街坊邻里之间的家庭话题,再到工作以后每一年的收入、业绩,同学聚会上的今非昔比。我们小心翼翼又从来不停地将生活里的一切变成天秤两端的衡量品,在尺短寸长的比较之间赋予事物不同的定义。

可有时候,真正可怕的不是比较本身,而是踩在绝望挣扎的底层人身上妄想以此苦苦支撑自己的愚昧无知的异类,这是另一种深刻的悲哀和无奈。

我们都应该明白,生活的确不乏比较,被比较也不是什么坏事,它可以成为动力,可以成为觉察的明镜,但它不该成为标准与禁锢,更不应被视作评判是非曲直、高低贵贱的工具。我们太多人,因为比其他人好而洋洋得意,因为不如别人而自卑不已,其实完全没有必要。

所以千万不要被比较得来的短暂虚荣和快乐蒙蔽了双眼,也不要因为被比较而失去对自我生活节奏的把握,人之所以会感到疲倦,是因为纠结太多徒劳而无功的事情,学会放下无意义的比较,会更容易心安气定。

我很喜欢的一位意大利作家希瓦娜·达玛利曾说过:"我们的命运应该是我们希望要怎么样的,而不是刻在石头上的,我们的命运就是我们的生命,而不该是别人的梦想。"

一个青年人的生活,应该由自己来左右。

№04

除了兄妹的故事，在这本书中我还写了友情、爱情、亲情等老生常谈的话题。自 2014 年开始写书以来，每一部作品都记录着我的变化和成长。六年时间，我从一个戴着黑框眼镜站在北大门口，羞涩地对着父母的相机的高中毕业生，走向了自己的人生舞台。在窥见人生精彩纷呈的一面之后，也努力慢慢回到自己的支点上来。

当我们面对真实的生活，自己也跟着变得真实起来。承认真实，尽管它本身就带着无奈。

写这本书的初衷，是想把两年来的焦虑感、迷茫和空白通通记录下来，自我审视，也勉励一起同行的年轻人。如果刚好我的文字可以帮你打发一些无聊的时间，给你一些得当的安慰，或者陪你度过一个重要的、艰难的人生阶段，那就是我作为一名文字工作者最了不起的事情了。

就啰唆到这里吧。

时间射线般得蔓延展开，人生这场漫长的比赛也就开始了。

亲爱的，你可要好好的。

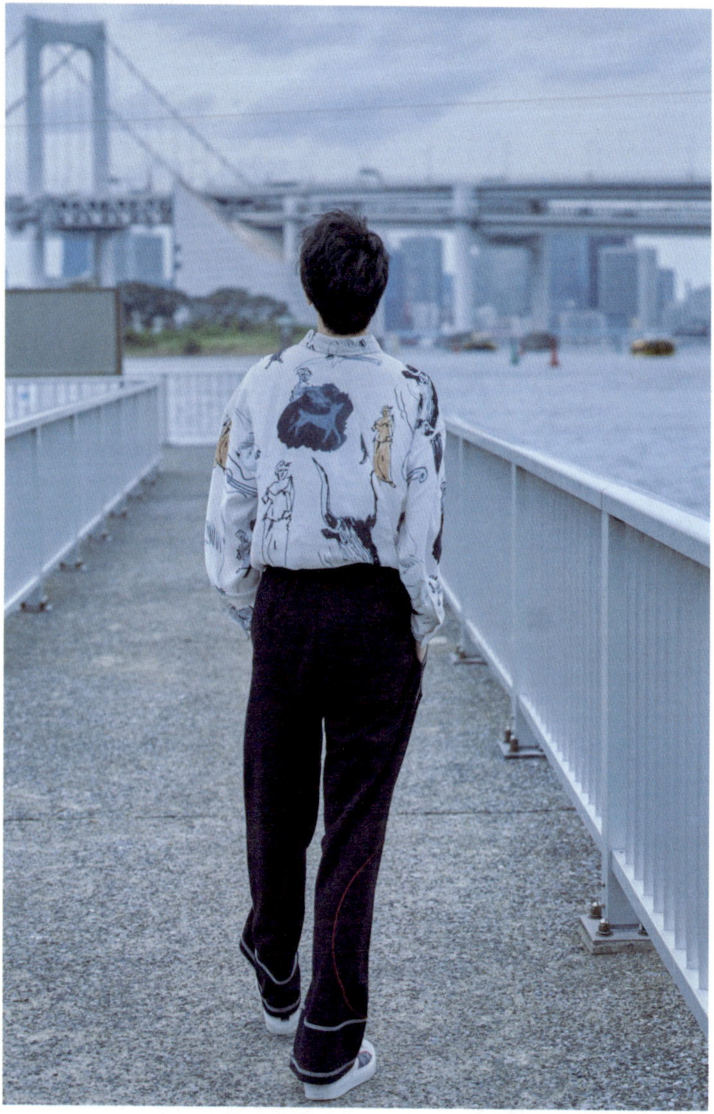

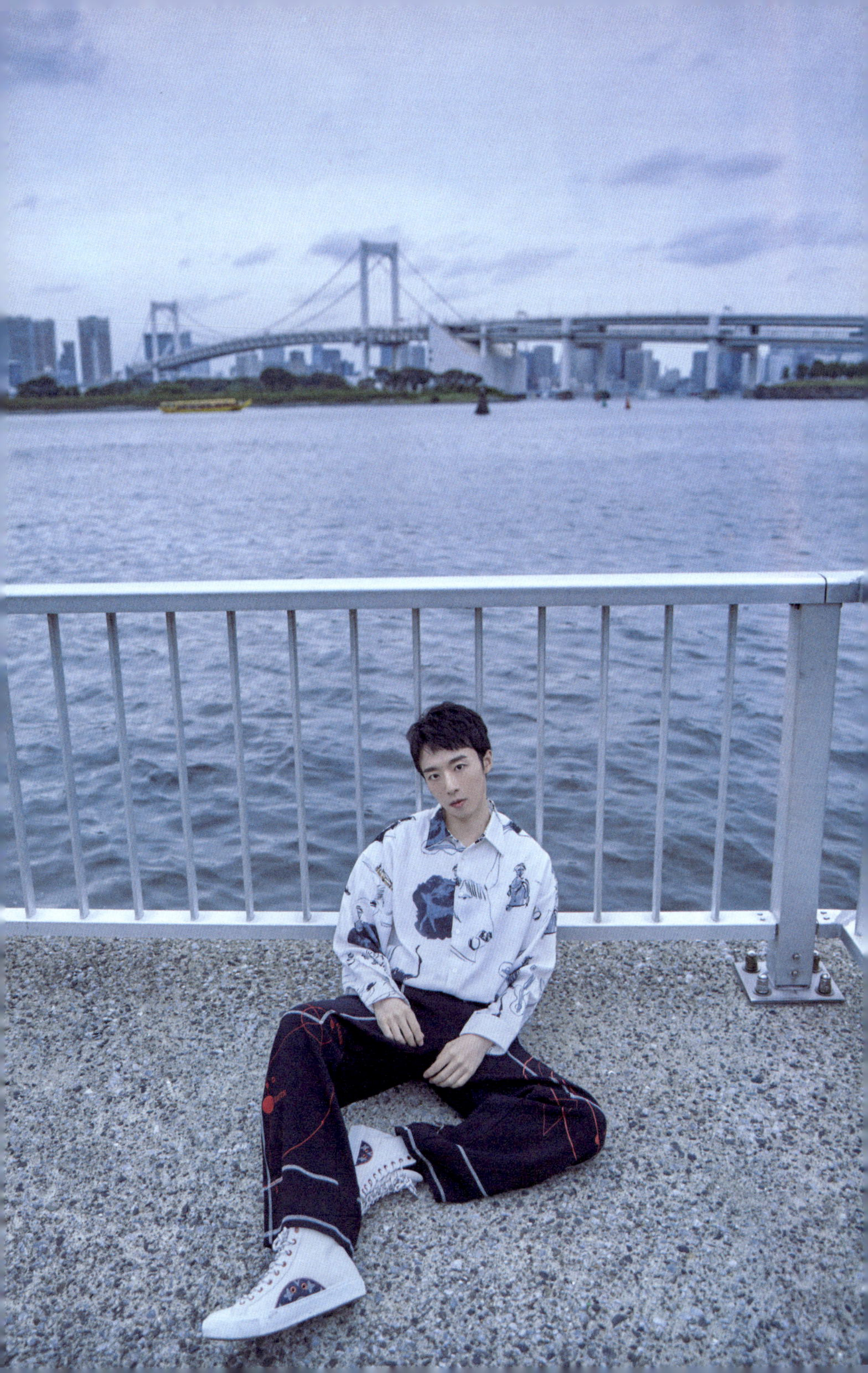

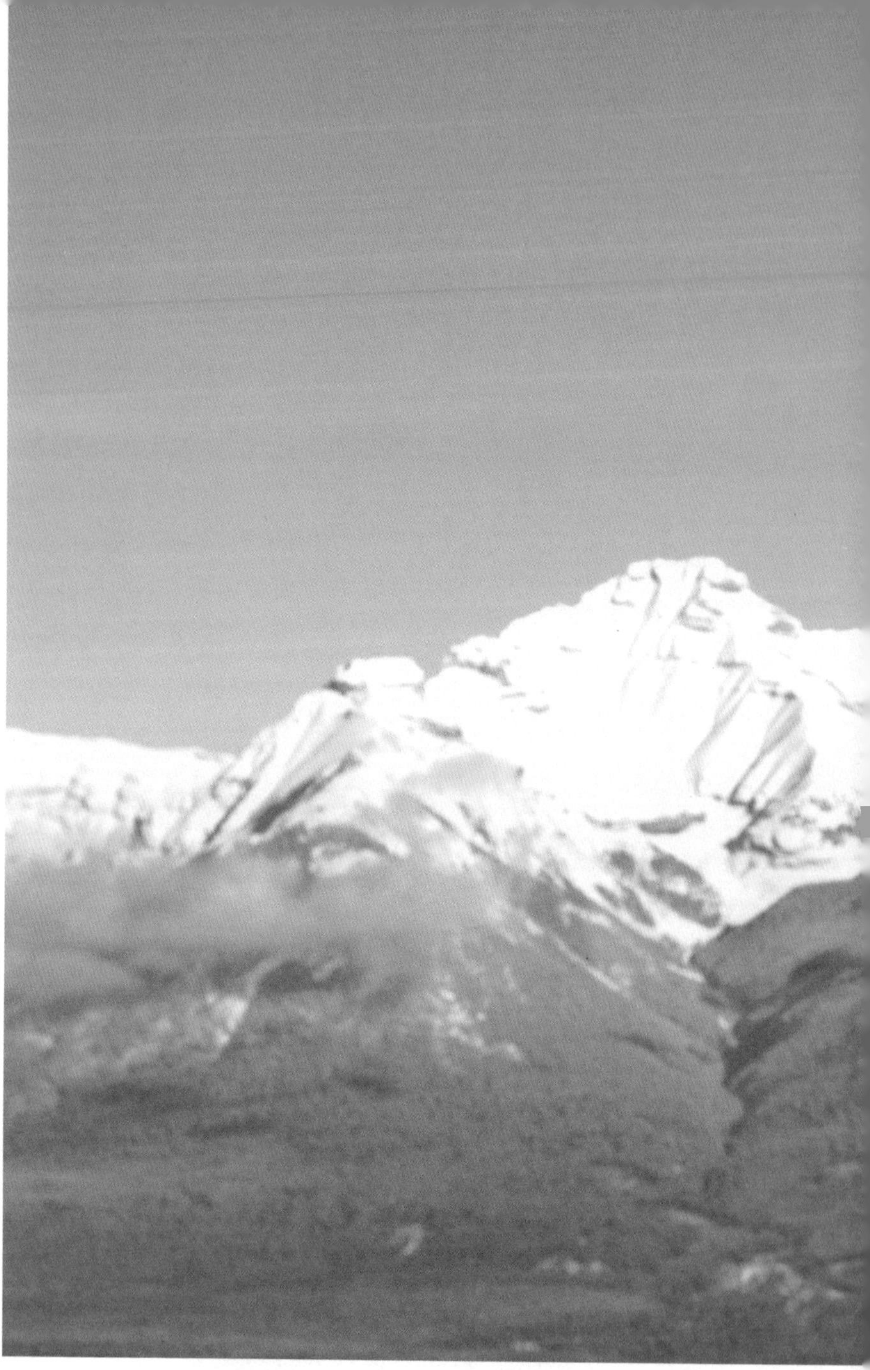

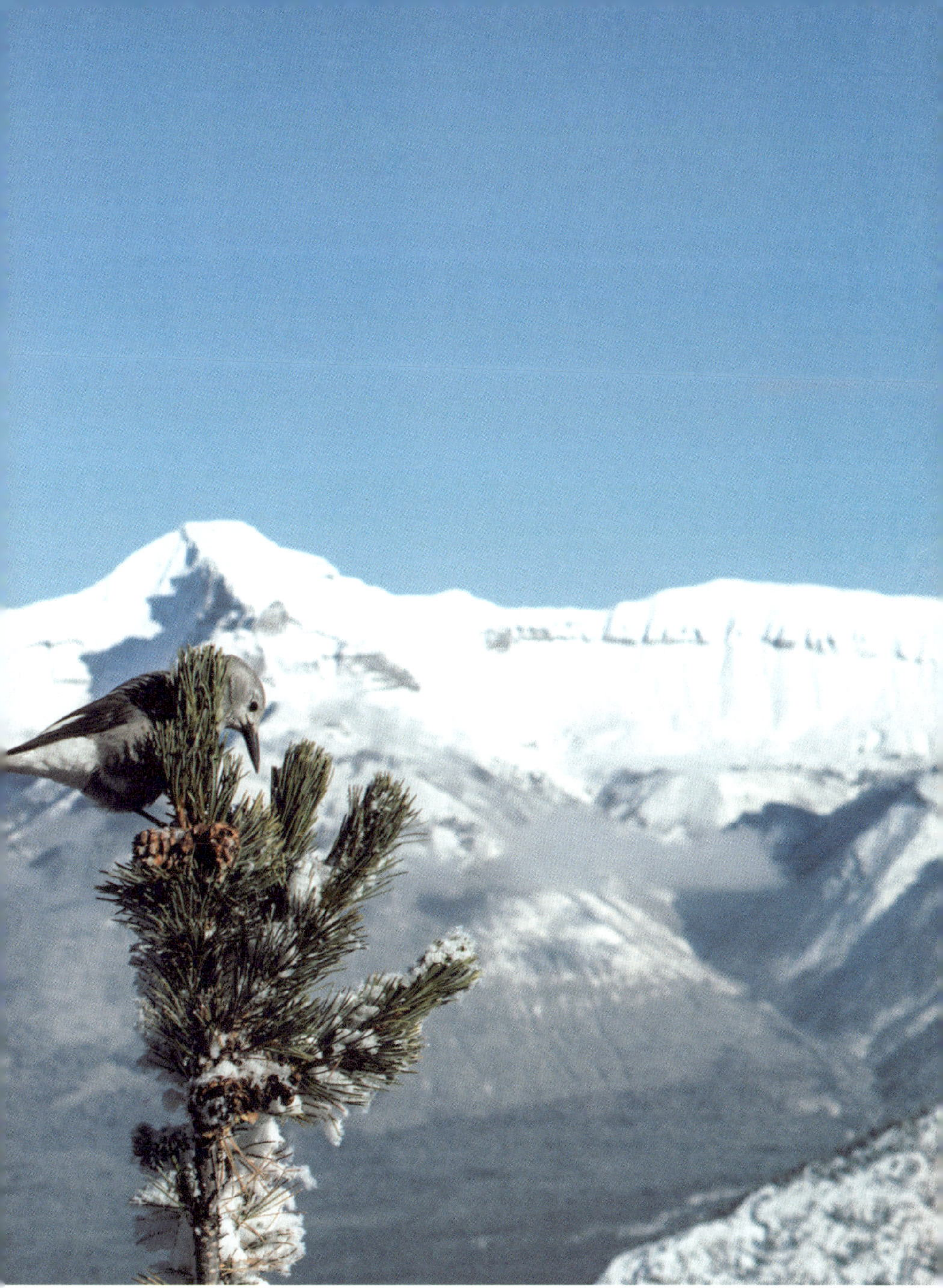

136 CHAPTER.5 成全一场孤独的冒险

170 CHAPTER.6 飓风过后

198 后记

208 附录——你得到想要的答案了吗?

001
CHAPTER.1
我也想成为你的骄傲

032
CHAPTER.2
找到自己的光亮

072
CHAPTER.3
时间是片海,你我皆游人

100
CHAPTER.4
直到对的人来

目 录
CONTENTS

你要好好的

CHAPTER.

我也想成为你的骄傲

羡慕和嫉妒不该助长贪欲的气焰,而应该变为生活的动力,否则一味地因为虚荣心与人争高低,到头来只会输得更惨。

Chapter
1

我也想成为你的骄傲

姚一丹十二岁的时候,母亲因为一起意外事故过世了,比起同龄人,她幸福的童年结束得有点早,随之而来的是漫长又昏暗的青春期。

NO. 01

R 城的夜生活特别丰富,随便走进市中心的一家酒吧,里面都是光怪陆离的氛围。那些光鲜靓丽的男孩女孩穿着打扮新潮,举手投足间透露着衣食无忧的轻松快乐。

姚一丹每天放学,都会经过市中心这个喧闹的地方,虽然这里和她普普通通的气质看起来毫不相称,但她还是会习惯性地在这一站下车,安静地跟随在热闹的人群后面,一步一步地沿着灯火璀璨的商户向家的方向走去。

路过喧闹的酒吧门口,仔细听,能听到从里面传出来的欢笑声,还有路边餐厅服务生为客人殷勤搬动椅子时发出的摩擦声。这些声音伴随着她身后拥堵的马路上传来的鸣笛声,让她走出的每一步都变得越发拖沓迟疑。

每次经过这里,在店铺门口流光溢彩的广告牌的灯光投射下,她的脸上都会映出五彩的颜色,浮现出不同于白天的生机。那双狭长的丹凤眼，也因为映入橱窗里的光，而变得更亮了。

几小时前还死气沉沉的她，现在好像整个人走出了阴暗的角落，顿时明亮了许多。

她依依不舍地穿过街角，一边收集着一切属于这里的声音，一边偷偷打量着眼前这个生动的世界。

这样悄无声息地走上十几分钟，就到了下一站公交车站。

姚一丹低头看了一眼腕表，时间刚好。大约两分钟后，32路公交汽车如期开来。她坐在车里最后一排靠窗的老位置，刚好能把方才经过的繁华尽收眼底。

车门缓缓合上，公交车载着她向K区平矮的居民楼方向驶去。这段路途不算太短，她通常把沉重的书包从身后卸下，孤独地放在胸前，然后不自觉地把头靠在玻璃窗上，只是不再向外看了，她的眼神渐渐变得空洞，思绪跟着游离。

姚一丹喜欢来酒吧街，但她并不是为了看那些光彩夺目的男孩女孩的生活。她只是想沿着热闹的地方走走，听听热闹的声音，在这座城市最中心的地方，多停留一会儿，哪怕只是一会儿。

因为接下来，她就要回到那个她不愿意面对的家，回到对她来说寂静无声的世界了。

CHAPTER
1

No. 02

  姚一丹母亲去世后没多久,家里迎来了两位新成员——她的继母,还有继母的儿子,也就是姚一丹的哥哥陈伟峰。

  陈伟峰大姚一丹三岁,自幼父母离异,是跟着母亲长大的。不过他和母亲本不生活在K区,而是住在郊区的一套小房子里。当年陈伟峰的父母离婚后,他的母亲放弃了财产,选择了儿子,于是只能靠在工厂里打工和亲戚的救济,暂时在郊区租了一个三十几平方米的房子,供儿子陈伟峰念书,勉强维持母子俩的生计。

  姚一丹实在想不明白为什么父亲要接受他们——一个没有什么工作能力的中年妇女,一个马上要念大学的儿子,徒增家庭的经济压力不说,传出去也很不好听。

  所以,她从不承认自己有突如其来的继母和哥哥。

  尽管这个哥哥总是显得有些瞩目。

  陈伟峰从小就是大家口中的"别人家的孩子",除了有一次因为发烧考试失误,只比第二名高出了八分外,其他的大小考试都以几十分的差距稳坐第一名的位置,一骑绝尘。

  不仅如此,陈伟峰还是班级里的积极分子,什么少先队员、共青团员、预备党员,一个都没落下,家里的奖状更是厚厚一沓。每次邻居提到一丹的继母,大多数人都会说,这是"陈伟峰的妈妈"。

起初姚父是想让哥哥来带动妹妹学习的，当初没怎么念过书的姚父，后半辈子在工作中吃了不少没有文化的亏，所以他一直对姚一丹的学习很上心。但陈伟峰的到来，并没有给姚一丹的生活带来什么实质性的改变。

每天上学，姚一丹都会和哥哥分别出门，两个人一前一后保持着很远的距离，好像谁也不认识谁。就连放学，她也不让在高中部读书的哥哥来接，而是自己一个人背着沉甸甸的书包回家，书包里装满了流行的小说和漫画。

她喜欢和闺密一起做作业，不会做的时候可以互相出主意，但她从不请教陈伟峰，也几次拒绝了"学霸哥哥补习"的邀请。

她很清楚，不管这个哥哥有多优秀，始终和自己不是一家人，而且一旦她承认了这个哥哥的存在，就等于承认了继母的身份，就会暴露母亲去世这个事实，所以她无论如何也不会妥协。

最初姚母过世的时候，姚一丹是打算向同学隐瞒这件事的。她设计了一个又一个说辞来证明自己家庭幸福，父母恩爱。

小孩子终归是好骗的，通常她都能靠小聪明蒙混过去。有时候，实在被一些父母同事的小孩证据确凿地追问起来，她无法逃避了，就假装没听见，或者干脆强行转移话题。

不管情况多么局促，她从来都很自然地娓娓道来，并且，绝对不会说漏嘴——她有继母和哥哥。

"所有的心虚都是大张旗鼓，真正的坚强应不动声色。"

CHAPTER
1

初中二年级的姚一丹把这句话写在了日记本的最后一页上。

NO. 03

姚母去世后，姚父酗酒很严重，经常在酩酊大醉后对着女儿大发脾气。继母来之后，姚父自觉控制了饮酒，家里的氛围变得莫名客气。

姚家一起吃饭的时候，一丹会很识时务地配合这种和谐的气氛，逢场作戏这种事，对她来说可比学习读书简单多了。偶尔继母给自己夹菜的时候，她还会露出一个笑容来表示感谢。

因为一丹的"懂事"，整个家庭维持着一种沉寂的和睦，也因此，她常常能得到父亲和继母的双份零花钱。

她比谁都清楚，自己想要的东西是什么。

姚一丹喜欢追星，那时候韩国组合风靡亚洲，她每天都去贴吧给自己的偶像打卡签到刷帖子，追各种应援类的粉丝活动。

她在粉丝群体里投入很多时间，渐渐晋升为活跃的高级骨干，加上深谙相处之道，很快就成了粉丝群的群主。对姚一丹来说，追星的世界更纯粹，隔着网络你不用告诉对方你叫什么，长什么样，对方也不会问起你家里的情况，她不必再编造故事掩盖伤疤，她甚至完全可以编造一个全新的身份，享受着现实生活中失去的话语权和控制欲。

姚一丹的房间里贴满了偶像的海报，这让姚父十分发愁，他一再强调不许继母再给她零花钱，要让她把心思放到学习上。于是她只能找哥哥帮忙来填补自己追星过程中的物质基础。

虽然她在外面从不承认这个哥哥的存在，却还是会在哥哥给她零花钱的时候，适时干脆地说一句"谢谢哥哥"。

陈伟峰不擅长表达，也一直觉得自己是一个"闯入者"，所以继父给他的钱，他一般都会寻找契机送给姚一丹。

一丹读书的学校门口，有一家十里飘香的炸鸡店，那里的汉堡是有零花钱的学生们放学必吃之美味。一整块酥脆炸鸡配上自制的沙拉酱，再加上几片新鲜的脆生菜和腌黄瓜，光是想想就令人垂涎欲滴。每次姚一丹路过闻到，都会满口生津，肚子跟着咕噜咕噜叫。

但她很清楚，该死的食欲和饿着的肚子都比不上给偶像应援更重要，所以她从来不舍得买。

有一天，当姚一丹在炸鸡店门口踯躅，犹豫要不要趁偶像终于拿奖的高兴劲儿奖励自己一顿时，恰好她的同班同学翟厉嘉刚买完汉堡走出来，和她打了个照面。

生活优渥的翟厉嘉想都没想就喊住了姚一丹，然后伸手把还热乎的汉堡递给了她："这个给你吃吧，我再买一个。"

姚一丹迅速拉住正准备转身的翟厉嘉，几乎只用了半秒的时间考虑,就脱口而出一个令自己十分满意的回答。

"不用了,我刚好也准备买,前段时间经常吃他们家的汉堡,都快吃腻了,没想到这才两天不吃,就又馋了,嘿嘿。"

说着,她把被自己攥在手心里的纸币递给了老板:"还是老样子,一个汉堡,多放点生菜哈。"

翟厉嘉站在旁边不解地看着她,她明明听说姚一丹家里条件不算很好,她又总喜欢把全部的零花钱用在追星上,连班级聚餐都从不参加,晚自习前的简餐经常用苏打饼干解决,怎么现在又有钱买汉堡了?

翟厉嘉走后,姚一丹就像什么事都没有发生一样,安安静静地等着自己的汉堡。她在心里快速地盘算着,汉堡花费六块五,哥哥一共给了她十块钱零花钱,剩下的三块五,可以请三位同学喝汽水,然后蹭下个星期的午饭。

"同学,汉堡好了。"炸鸡店老板打断了她的思绪。

姚一丹回过神来,笑着向大叔道谢,接过香喷喷的汉堡,快步离开了炸鸡店。

她沿着道路直走,大约五分钟后右转,眼前出现一条细长的石板路,两边高低不等的围墙把校区跟街道分隔开来。她快步走到路尽头的一处废置小屋,攀附着旁边的砖墙爬上了屋顶。

屋顶是一个平台,那上面被扔满了各种矿泉水瓶和零食袋,平时是学校男孩子们逃课玩游戏机的绝佳藏身之处。

她找了一块相对干净的地方坐了下来，赶紧大口大口地吃起了汉堡，生怕再耽误一分钟，心心念念的美味就会错失最好的品味期限。

她边吃边留意四周，好像在小心提防着什么。这个用哥哥给的零花钱买来的汉堡，像是一道疤，一个耻辱，或是一件不愿意被任何人知晓的丑事，她想藏起来，躲到无人之地，确保这个秘密不被任何人看见、知道，然后迅速地兀自消化掉。

傍晚的紫霞遮住了透亮的天空，那些温和的光晕轻轻洒落在姚一丹卷翘的发梢上，洒落在她节奏有律的咬肌上，洒落在整个静悄悄的平台上。

间或有微风吹过，一切安宁而美好。

No. 04

暑假过后，姚一丹升入了高中部。

她依然穿着朴素的校服，梳普通的马尾辫，低头走路没人会认出她。每天傍晚放学，她还是会无比享受穿过城中心的那种感觉。她相信自己想要的生活就和这里的酒吧一样喧闹而自由，且就在不远的将来。

姚一丹中考那年，也是哥哥高考的年份。那一届全国卷出奇地难，以至于重点一本的分数线比往年低了三十分。而在这种情况下，陈伟峰依旧发挥出了最好的水平，以全省第一的成绩顺利考上了理想大学，超过第二名27分。

学校拉起了喜庆的红色条幅，不断有媒体围追堵截新晋状元陈伟峰，很多学弟学妹也托关系找到姚一丹，想要她哥哥的学习笔记，而她那个一向严厉节俭的父亲，几乎一整个星期都带着陈伟峰宴请亲朋好友。

每次父亲喝多了回家，总会对姚一丹发脾气，气她没出息，不能出人头地。而这个时候，继母和陈伟峰都会站出来替一丹说话。可在姚一丹看来，根本不需要谁来替自己说话，因为她根本不在意父亲的责怪。

她看着酒兴大发的父亲，莫名觉得很可笑。伴随着"高考状元父亲"这个头衔带给他的虚荣，还有他对未来盲目自信的愚蠢，这些无疑都让她觉得这个家冷冰冰的，与自己无关。

所以，她没有必要在意这里的一切声响，不管是对她发脾气砸东西的父亲，还是躲在房间里劝说父亲的继母，抑或是轻声安慰她的哥哥，她都视而不见。

因为这个家，她迟早是要离开的。

陈伟峰去念大学后，继母把他的房间收拾得非常干净，以至于平常不需要再刻意开门进去打扫，父亲和继母的生活重心，又一次回到了姚一丹的身上。而随着那些大包小包的行李和书籍被搬走，家里人也越来越少拿兄妹俩进行比较，那颗半路跳进姚一丹脚里的沙砾，终于渐渐从她的世界里被清空挪走。

虽然她还是很讨厌回家，讨厌看见继母慈祥的一面，讨厌面对和父亲、继母一起强颜欢笑吃晚饭的场景，但她觉得现在比以前舒服多了。

在市中心短暂地停留后，32路汽车启动，把她载向那栋她曾无比抗拒的老楼。新买的MP3里循环播放着偶像的歌曲，颓丧的夜晚在慢慢被重新接纳，她好像比以前快乐一点了，好像也开始重新对未来有所期待。

陈伟峰去大学报到后，姚一丹的高中生活也开始了，只是没想到，新学期开学的第一天，她就碰到了件倒霉的事——她的班主任正是当年教陈伟峰的班主任。

因为哥哥的关系，班主任谈起任何事情的时候，几乎都要带着他们兄妹一起出场。

"我教过的上一届，可比你们这一届努力多了，你们都知道我们学校的状元陈伟峰吧？你们师哥上课专注认真，从来不走神。姚一丹，你是他妹妹，你应该知道的吧？"

"陈伟峰学习那么好，怎么你就没一点向你哥学习的意思呢？"

"你说说你们家，肯定从小就对你的教育不重视，你说你现在这个成绩，可真不是我的问题，我能教出来你哥哥，教不出来你。"

……

诸如此类，几乎每天都在姚一丹的耳边萦绕，听得烦了，她就把玩起自己的头发，阳光透过缝隙把每一根都照得很清晰，那些分叉的发尾像她的性格一样叛逆。

活在哥哥的阴影下，是一件多么令人烦闷的事情啊，更不用提对于很早就性格孤僻的姚一丹来说了。

这个自来卷、皮肤蜡黄、下巴上有一颗痣的女孩在学校里也没交到什么朋友，甚至连一个说心里话的朋友都没有，她把所有的心事都藏在了那个写得密密麻麻的本子上。

时间在她的日记本上悄悄溜走，转眼间两年过去了。

此时的陈伟峰已经是一名大学三年级的学生了，一向卓越的他担任了学生会主席，还在一家外企单位实习。虽然实习时间不长，但他独立做的几个项目都有不错的反响，因此拿到了几笔可观的报酬。

除夕夜，全家人围在一起吃饭，大大小小的亲戚都想沾沾光，蜂拥来到姚家一起拜年，主要还是为了和陈伟峰见见面，混个脸熟。

全家人的话题都离不开这个优秀的哥哥——斯坦福全额奖学金录取的唯一中国大陆学生，拿下三年国奖的学生会主席，就连实习的机构，也都给了他高于正式员工薪水的待遇来留住他。陈伟峰好像一直在延续着自己的神话和奇迹，也在继续扮演着别人家的孩子这个并不容易做到的角色。

饭桌上，姚一丹像小时候一样，赔着笑脸敬酒，然后趁着父亲醉意正浓，吹起牛皮来的间隙，跟哥哥提前打了招呼，悄悄溜走了。

除夕夜的街道有一种冷清的热闹，张灯结彩的城市好像在向每个孤独的行人招手，给人一种放肆的踏实感。

一丹像过去一样，路过常常经过的那家酒吧，又悄悄退回来，犹豫地站在门口，心里盘算着——要多少钱才能买得起一张"入场券"？进去之后会不会被灌倒？如果身上带了烟味酒气怎么回家跟他们交代？酒吧里面的世界到底是什么样的？

还没等她给这些问题想出周密的答案，肩膀忽然被人从后面拍了一下，她随之本能地尖叫出声。

快速转过头来，看到了陈伟峰。

他不知道什么时候跟着她走到了这里，这个对他来讲既熟悉又陌生的地方。

"今天除夕，跟着你来这里已经好几次了，不过今年破一次例，让你见识一下酒吧什么样。"陈伟峰沉着冷静地说。

见姚一丹没有反应，他又说："你如果有什么烦心事，不介意的话，也可以喝上两杯，然后顺便跟我聊聊。"说着他张开双臂向面前这个愣住的丫头走去。

那一刻，姚一丹看着面前这个熟悉的陌生人，突然有种想哭的冲动。

明明上一秒，自己还活在对这个人的厌烦之中，恨不得他赶紧结婚生子离开这个人人攀缘附会的家，可这一秒，他就以一种最为友好的姿态，不计较她写在脸上的厌恶，想给她一个拥抱。

CHAPTER
1

你要好好的

她以一种极为复杂的心情，磕磕绊绊地上前一步，非常不自在地接受了他的拥抱。这个拥抱里有冲动，也有释放，有反其道而行之，也有与自己的和解。

但很快，她又松开了手，故意侧过身不看陈伟峰，趁着寒意跺了跺脚。很难形容这是一种什么感觉，就像是抱住一个面相善良的陌生人一样，你无法抗拒这种慰藉，但又总是觉得有些羞赧。

酒吧很吵，几乎听不到对方开口说话的声音，姚一丹兴奋地将杯里的液体饮尽，原来那令人着迷的酒精是这个味道。

那天晚上他们交换了很多秘密，重要的是，姚一丹跟着哥哥喝掉了一整瓶酒，那个在她心里徘徊已久的欲望，终于在这一刻得到了满足。她常常不理解母亲去世后，因为酗酒而性情大变的父亲，所以她对酒有一种说不出来的感觉，恨之入骨，又跃跃欲试。

离开酒吧后，他们沿着小时候上学常走的马路溜达了很久，只不过，不是一前一后，而是并肩而行。姚一丹突然觉得很神奇，从小到大，她从来都是排斥哥哥的，故意把抗拒和嫌弃表现得很明显，可他却好似能够读懂她的一举一动，始终等候在一个让她感到舒服的安全距离内，甚至在这个晚上，帮她完成了她积攒了这么多年的心愿。

原来这个世界上真的存在，即使你放弃他千百次他也不介意的人。想到这里，她心里突然感到很轻松，那块一直以来压在她心口的石头仿佛在不知不觉间消失了。

CHAPTER
1

NO. 05

  姚一丹的高中生活就这么好一点坏一点地挨过去了,总算是熬过了高考。毫无疑问,她的成绩最终也没有给父亲一个惊喜,只是勉强比模拟考试时多了十多分,一本、二本无望,三本院校倒是可以随便挑。

  "去北京吧,有你哥在,互相有个照应。"父亲没有办升学宴,而是一个人在家里喝起了酒。

  "我要去上海。"姚一丹敬了父亲一杯,一饮而尽,斩钉截铁地说。

  "去北京,学校选择也多,为了你好。"姚父的眼睛里,因为休息不好、长期饮酒,已经泛起了红血丝。

  "爸,我说的不是我想去上海,而是我要去上海。"姚一丹说出最后几个字的时候,刻意在每个字之间停留了几秒,摆出一副没得商量的姿态。

  虽然一丹对上海的全部了解只有东方明珠和外滩,但她心里很清楚,她要逃离与哥哥有关的世界,逃离任何能与他接触的机会,这样才能减少对自己的压力和伤害。

  不知道从什么时候开始,姚一丹的父亲不再保持绝对的权威,也不再逼着她做一些自己不喜欢的事情,好像人上了年纪,就会变得温柔,对很多曾经执着的事都看得很淡。

姚一丹如愿考去了上海的一所大学，与哥哥一南一北。

在继母的陪伴下，姚父也在慢慢戒酒，家里的酒柜渐渐清理干净，摆上了父亲曾经钟爱的书籍和旧报纸，他很少再大发脾气。

这么多年，姚一丹一直保持着写日记的习惯，在离家的火车上，她写下——"我不是不愿意去北京，只是我更想真正开启属于我的人生。"

大学生活并不像姚一丹想象中的那么自由。女生宿舍关系复杂，每个舍友都有自己的作息习惯、思维方式，但她依然很努力地去尝试与她们成为朋友，因为她发自内心地感谢新生活。

姚一丹渐渐藏起了少女时期全部的乖戾和自卑，变得越来越阳光开朗。她开始用功学习专业课，也培养了一些追星以外的兴趣，她希望自己可以在陌生的城市里"蓬勃生长"。

转眼三年过去，此时的陈伟峰已经研究生毕业回国，在北京一家金融机构做联合创始人，年收入非常可观。作为哥哥，他自然习惯给妹妹添置一些日用品，或者给点零花钱。只是与以往不一样的是，姚一丹很少再收下哥哥的好意了，她和陈伟峰说得很明白，从她走进大学校园的那一天起，她要做的就是开始自己的人生，而不是活在哥哥的光环下，更不想因为自己无能而再接受哥哥的"救济"。

不过说完这些话不久，她就后悔了。

"爸，我们寝室同学总叫我出去聚餐逛街，我的钱不够，但我不去,又担心她们孤立我。我已经跟我哥说了我不会再要他的钱了,您能不能……多给我一点啊?"姚一丹偶尔会通过撒娇的方式跟爸爸多讨一点零花钱,好像蓄起长发的她,慢慢也变得可爱起来。

姚父每个月定期给她转一笔生活费,数额不固定,有时候多,有时候少,他和女儿的大部分联系基本上在短信上,在那几个"已转"和"收到"上。不过懂事的姚一丹并没有把钱全部花掉,除了偶尔逛街聚餐,她把其余的钱攒了起来,给自己买了一台电脑,靠写文章赚些零花钱。

稿费除了固定开销外,还会被特别存下来一部分,雷打不动地放在银行里,那是要等到过年用来给家里的长辈、小孩买礼物的。

她想通过这些让亲戚知道,自己过得还不错。

这一年的冬天有些难熬,姚一丹的父亲经常生病,而且一病就是很久。

姚一丹结束完最后一门期末考后,就坐上了返乡的火车。在她沉重的行李箱里,有那时中国台湾流通到大陆的水果"莲雾",有在进口超市买的一盒外国巧克力,几条上好的香烟,还有给父亲亲手织的一条墨绿色的围巾。

陈伟峰提前返乡,早早就在出站口等妹妹了,陪他一起来的还有他怀孕的妻子。陈伟峰看到妹妹赶紧接过行李,虽然他的穿着精致讲究,却还像小时候一样,把所有重活儿、累活儿都扛在自己肩上。一丹搀着嫂子跟在身后,一路上两个人有说有笑,好像童年时期的隔阂和阴霾，都因为一些说不清的原因被慢慢抹掉了。

走到陈伟峰的车前，姚一丹有些意外，她知道哥哥这些年赚了一些钱，自己在上海也见识过不少豪车，但这么近距离接触还是第一次。

"哇，哥你也太酷了吧，早知道你有这么好的车，我就让你去上海接我了，谁还坐火车啊，那么挤。"说着姚一丹的脸颊开始微微泛红，流露出了只有她和哥哥才能明白的情绪。

是的，她觉得自己又一次被哥哥的光环压得喘不过气来。

因为路途遥远，大学的课业又比较忙碌，姚一丹一年几乎只有寒假的时候才会回来一次。而陈伟峰已经凭借自己的能力给家里换了一套大房子，这时候那些亲戚自然又都围拢了过来，一家十几口人围着一张桌子吃年夜饭。

"一丹回来了，来来，快放下东西，洗洗手，尝尝你婶婶拿来的梨，你小时候最爱吃了。"

"是啊，来坐下跟我们讲讲学校怎么样啊，谈男朋友了没啊？"

"谈什么男朋友啊，我们一丹还小呢，好好学习，跟你哥学，以后咱们有出息了不愁找不到男朋友！"

……

姚一丹不紧不慢地穿过这些嘈杂的声音，一如几年前经过市中心的酒吧门口一样，径直走进了卧室。她仔细打量过家里的陈设，那些簇新的家电还有高科技产品，以及桌子上摆满的年货和每个长辈脸上虚伪的笑容，这一切都是因为自己那个优秀的哥哥。

她关起门躲在房间里，突然感到阵阵压抑。她打开行李箱，把已经有些氧化的水果拿了出来，心里有些难过。她撕开那盒巧克力的外包装，把它们一颗一颗丢进嘴里囫囵吞下去。

门外一片喧闹，但她的房间内却静得出奇，静得能听见她那颗卑微的自尊心缓慢跳动的声响。

平常总嚷嚷着要减肥的一丹，连一块巧克力都想分几次吃完，此时却坐在地上吃完了半盒，然后把剩下的全部丢进了行李箱，压在衣服下，严严实实地藏了起来，一如她敏感的内心，全部藏了起来。

姚一丹在上大学的时候一直都在兼职写小说，在一个网文平台上同时开两个连载，可能因为原生家庭的原因，她对爱情一直没有什么期待和向往，全部的心思都投入到了工作中。靠着比较细腻的文笔，她慢慢地攒下了五万多块钱。

后来，姚一丹去了一家出版社实习，有一个总想拉她入股创业的同事，每天给她洗脑，希望她能加入一起赚钱。所谓的创业，其实就是投资社会上的一些零散小项目，禁不住劝服的一丹被说动了，把辛苦攒下的那五万多块钱，全部拿来投资了娃娃机。但这笔钱投进去，就再也没有拿出来。

短短一个月，娃娃机的"创业"就宣告失败了，她辛苦攒下的钱也随之打了水漂，姚一丹跑到酒吧痛快地喝了一场，以吐得不省人事收尾。

这件事之后,她慢慢明白,有的人天生优秀,而有的人则是要靠踏实努力才能获得想要的一切,就像哥哥和自己。

她终于不再急躁,决定慢下来,认真走好每一步。羡慕和嫉妒不该助长贪欲的气焰,应该变为生活的动力,否则一味地因为虚荣心与人争高低,到头来只会输得更惨。

有了这次创业失败的教训,姚一丹决定好好发挥自己擅长的技能,正式入职了出版公司。

日子过得忙碌起来,她无暇顾及自己的敏感情绪,慢慢也在领导的鞭策和同行激烈的竞争中变得坚强起来,如果说大学时期的她在努力吸取阳光,那么工作后的她则是为自己筑起了铠甲。

姚一丹工作的第二年,成功策划了一本畅销书,一连加印了十几次,几乎所有的书店都把它陈列在最显眼的位置。翻开精致的封面,姚一丹的名字出现在编辑栏后面,这是她跟了一年的项目,几乎倾注了全部的心血。

在公司的年会上,姚一丹顺理成章地拿到了最佳图书编辑奖,奖金刚好是五万元。她手里握着沉甸甸的奖杯,开玩笑说:"从小我就没拿过什么正儿八经的奖,这回我想把它带回老家,给我爸看看,我给他老人家争气了!"

说完跑到台后,泪如泉涌。

可还没来得及订票仔细规划回家的事情,两天后的夜里,哥哥突然打来电话，告诉她，父亲病重，尽快回家。

姚一丹根本不知道在自己疯狂加班、出差的这一年时间里，曾经严苛的、长辈权威不可挑战的父亲，已经躺在了病床上，每天依靠嘴上戴着的呼吸管才能继续活下去，而身体早已骨瘦如柴，失去了自理能力。

姚一丹在回家的高铁上哭了一路，她告诉自己一定要坚强，不能在爸爸面前哭，可是当她见到这个世界上唯一与自己有血缘关系的人，以一个将死的面目躺在自己的面前时，她还是没有忍住，号啕大哭了起来。

原来父亲的病是很早以前的事了。

在她上大学期间父亲就被查出得了绝症，只是一直瞒着她。

所以后来父亲戒了酒，也不敢再动气发脾气；所以后来不管她多久回一次家，毕业后从事什么工作，父亲都不再强求，随她自己喜欢；所以后来父女俩之间的沟通越来越少，几乎全部变成简单的"注意身体"和"好"。

姚父生性要强，不肯多要陈伟峰的医药费，宁愿花光自己的全部积蓄，也不愿意多住院一天。他的心里每天都在算计着给女儿的每一笔生活费和自己的医药费，就像算计着自己还能活多少天才能圆满完成任务一样。

几天前，姚父在家里搬花盆，不小心摔了一跤，这一摔，就再也没好过来。

就好像预料好了,这次过年前,他给一丹留了一封信,嘱托陈伟峰一定要在他过世之前拿给一丹,他知道一丹看完信一定有很多话想和自己说。

他不想一丹有遗憾,因为那也会成为他的遗憾。

姚一丹匆匆赶往医院,在父亲的病床前接过了这封信。

一丹,当你看到这封信的时候,我可能已经快不行了。我知道,看完这封信你和爸爸一定还有很多话要说,你只管在我耳边说,不管我有没有力气再摸摸你的头,爸爸都能听得到。

有些话,总是不知道该怎么讲。一直觉得很对不起你,我知道,自从你妈妈离开我们的那天起,我就要你背负了单亲家庭的重负。这对幼小的孩子造成了多大的困扰,作为同样从小失去双亲的我是再明白不过的了。

其实我和你赵阿姨的爱情,没有一见钟情那么浪漫,我们最开始在一起,准确说是合作式的。她那时打工的工厂倒闭,工作一筹莫展,上有老、下有小的,家里很难周转开,就连房租都很难交付,而我刚好和她是老同学,我知道伟峰有多么优秀,我想着,如果不能给你一个完好的家庭、一个好的成长环境,那就给你找一个好哥哥,让他努力长本事,以后爸爸不在了,也会有人替我好好照顾你。

后来我和你赵阿姨重新组建了家庭,原本想着给你一个更好的家,但爸爸没有想到,因为伟峰的出现,你的人生也发生了很大的变化。我没能注意到你的情绪,总是不知不觉就把你们放在一起比较,让你受了不少委屈,当然,一向不懂得沟通感情的我,是在看了你的日记本之后才知道这些事的。

请原谅爸爸,原谅我找不到更正确的父女相处之道,原谅我不是一个称职的家长。我经常在你情绪低沉又一言不发的时候,整夜睡不着觉,生怕你有什么想不开的。

有一天,我跟着你放学,发现你站在酒吧门口,好像产生了对那种地方的好奇,我很怕你进去,你还是一个什么都不懂的孩子,我怕你因为家庭的关系走上歧路,没有办法,我只好叮嘱你哥每天放学和你前后脚回家。

但我还是放心不下,于是翻出了你藏起来的日记本,偷看了一次。就那么一次。

因为爸爸发现,原来我的女儿是这么坚强,就像一颗顽强的种子,势必要自己扎根发芽的。所以你说要去上海念书,我答应了你,因为爸爸相信你,那会有你的天下。你说暑假不回家了,要去兼职,我也立刻同意,虽然我那时得了病,身体不好,恨不得每天都有女儿陪在身边,但爸爸知道,你有你的人生打算,那是一条坦荡的长途跋涉,我不能再阻挡。

你说和朋友投资失败,把攒下的钱都搭进去了,我没有说教,更不敢给你钱弥补,爸爸知道,这些都是你成长路上必经的坎坷,摔倒了你不会哭，反而会更加顽强，继续战斗。

……

这些爸爸都知道。

但是爸爸不知道的是，自己哪一天会离开你，爸爸不知道你是否已经长出足够多的羽毛来保护自己，爸爸不知道，你能不能原谅我一生的严厉苛责和自作主张。

丹丹啊，爸爸走之后，请你按照爸爸最初的设想，和哥哥好好相处，接受他的关照，因为爸爸想在你抬头就看得见的地方，看着你，看着你幸福，看着你走好人生每一步。

虽然爸爸这样说很唠叨，但你就看在爸爸要走的分上，再听我一次。你要永远相信自己，相信每个人都拥有成功和幸福的能力，你也要永远相信爱情，我们的覆辙女儿不会重蹈，因为你那么善良，一定会找到值得托付终身的人。

爸爸知道，你从小看着破碎的家庭，结合的爱情，还有追赶不上的哥哥，心里有些自己的想法。但是，人不能因为害怕失去就不去拥有，爸爸希望你能有自己所爱之事、所爱之人，并且足够投入，押上你全部的勇气。好吗？

哦，对了，爸爸差点忘了说，前几年你放寒假，我给你收拾衣服的时候，发现了藏在里面的半盒巧克力，你这丫头，从来都不爱吃甜，应该是买给爸爸的吧？爸爸吃了。哎哟，那真是爸爸这辈子吃过最好吃的东西。"

06

　　姚一丹看着父亲的信,泪如雨下。

　　她走到爸爸的病床前,而此刻的父亲已经完全没有了知觉,哥哥让护士先带妻子出去,然后俯身用温热的手掌拍了拍妹妹的肩膀。

　　姚一丹努力凑到父亲的耳边,用喑哑的声音缓缓地说:"爸……我不怪你,我……爱你。"

　　就在这时,病房里冰冷的仪器传来刺耳的声响,陈伟峰覆在妹妹肩膀上的手兀自加重了一些,病床前的这对兄妹依偎着接受突如其来的一切。

　　姚一丹在哥哥怀里痛哭,她抱着哥哥,像是抓住生命中最后一根稻草一样。

　　"哥……爸没了……"

　　这一次,她不再像以前一样犹豫,而是几乎用尽全部的力气抱住了哥哥,好像因为某种特殊的情感联结,眼前的这个人突然被赋予了莫大的意义。

　　她终于放下了所有的戒心和别扭去接受陈伟峰,并做好全部的准备,在未来艰难的日子里与其同行。

　　爸,请原谅我这么多年少回家的假忙碌。

　　因为我是多么想也能成为你的骄傲。

我也想成为你的骄傲

CHAPTER 1

END

你要好好的

Chapter
1

我也想成为你的骄傲

你要好好的

CHAPTER.

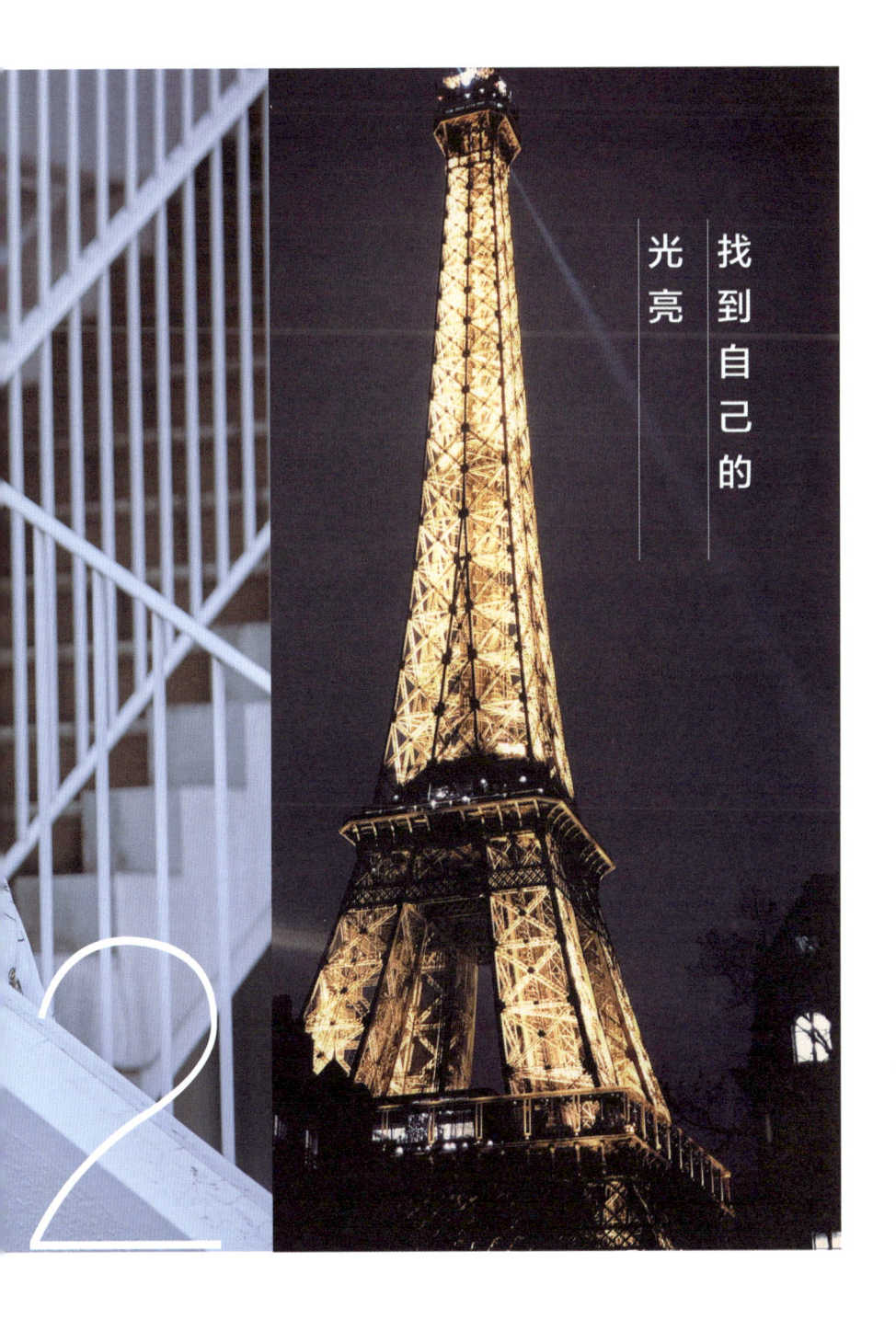

2

找到自己的
光亮

P. 032
|
P. 071

你要好好的

对一个女生来说，在社会人情交往中，难免会遇到各种棘手的问题，能够辨别和认知自己，并相信自己的力量，很重要。

CHAPTER
2

找到自己的光亮

NO. 01

　　在过去几年的时间里,乌钰娜顺利完成了辛苦的高中学业,顶着巨大压力的同时,也带着前所未有的信心和光环,考上了那所心仪已久的戏文专业全国第一的学校。

　　她和朋友去海边旅行,听风声浪声,读诗看书,荒废时光,然后一个人坚定地拖着重重的行囊,来到北京开启了崭新的生活。

　　在保持专业成绩前三名的闲暇时间里,她努力修了双学位,同时成了学生会和戏文社的骨干。她好像一夜之间长大蜕变,人生仿佛开了挂似的,从那个柔柔弱弱、腼腆内向的小女生,变成了独立果敢的女大学生。不过两三年的时间,她便驾轻就熟地接了多个剧作项目,于过程和结果而言,她都从未让谁失望过。

　　她的进步飞快,一直凭着比旁人多一些的努力和幸运,得到了比同龄人更多的机会和历练,当然还有回报。而她的过去——那个狼狈不堪的小世界,也一直被她谨慎地藏在内心最深处,完美地隐匿着,不被任何人发现。

Chapter
2

找到自己的光亮

你要好好的

NO 02

  8月16日，是乌钰娜男朋友的生日，也是自他们恋爱以来，她第一次没能陪在他身边的生日。

  距离零点新岁的到来还有一个多小时，尹琛刚刚结束了和朋友们的生日聚会，微醺地回到家中等待女朋友充满仪式感的祝福电话。

  他在床上躺了一会儿，很快就困得上下眼皮打架，但他知道，不管怎么样也不能忽略零点来自女朋友的祝福。因为乌钰娜对生日的重视程度，远远超过其他纪念日或者情人节，而她又实在是一个非常敏感又很没有安全感的人。早在几天前，乌钰娜就暗示过这个零点祝福电话的重要性，想到这儿，他赶紧坐起来醒了醒神，又去洗手间洗了把脸，方才恢复了些精神。

  尹琛一边翻看微信群里朋友们传来的聚会照片，一边有一句没一句地与大家打趣着，其间还时不时退到与乌钰娜的对话框界面，查看有没有新消息。奇怪的是，从晚饭后开始，他一直没有收到女朋友的回复。

  平常就算娜娜再忙，也会抽空回复信息的。

  他觉得奇怪，正想着，手机就响了。

  是语音通话邀请，尹琛瞥了一眼手机上方信息栏显示的时间，有些纳闷，随即接听起来："怎么提前了？这还没到十二点呢，怎么，太想我？所以改成提前祝福了？"

电话那头却是一阵沉默。

"喂！娜娜？"尹琛看了眼手机，确定还在通话中。

可是对方还是一句话都不说。

他感觉不对劲，心情也紧张起来："娜娜？你别吓我啊，你在吗？"

他把手机靠近耳朵，这次，电话那头好像能听见一点抽泣声了。

乌钰娜的哭声压抑又克制，尹琛意识到事情的严重性，不禁皱眉问："娜娜，你怎么了？"

他的声音平静而温柔，让处于崩溃边缘的乌钰娜瞬间卸掉了所有的伪装，眼泪夺眶而出，心情却得到了释放，一下子舒服了很多。

"对不起，"一阵抽噎后，乌钰娜努力整理自己的情绪，直到她稍微平复了些，重复着说了一句，"对不起。"

她说："今天是你的生日，我原本应该开开心心地给你打电话，祝你生日快乐的，但我还是没忍住，真是太扫兴了。"

说完，她好像更愧疚了，又是一阵沉默。

尹琛还不知道她到底怎么了，只这样安安静静听着，任凭乌钰娜肆意地宣泄着。

在恋爱这两年的时间里，他似乎从未见过她如此哭闹，惊讶之余，更多的是心疼。在尹琛看来，乌钰娜太过要强，很多时候背负的东西越多，越会觉得异常辛苦。

等了几分钟，乌钰娜的情绪终于平复了下来。她擤了擤鼻涕，又清了清嗓子，准备一五一十地交代事情的来龙去脉。

这是她每次组织大段语言时习惯性的准备动作。

"生日快乐，我最好的男朋友。"乌钰娜的嗓音因为刚刚哭过听起来略有些颤抖和沙哑，"我觉得很抱歉，本来想高高兴兴给你过生日的，但我太没用了，遇到一点小事就控制不好自己的情绪，搞得这么煞风景。我想一个人忍住的，但刚才胸口发闷，还是没忍住，所以就打给你了。"

每次乌钰娜把两个人的感情和自己的事分得特别清楚的时候，尹琛都又爱又气。此时刚好十二点，他的手机不断有消息闪烁，人缘颇好的他，每年都能收到众多亲朋好友发来的生日祝福。

他顾不上查看，把注意力全放在了女朋友身上："很抱歉在你这么难过的时候，我不能陪在你身边，因为不知道发生了什么，也不能为你做什么。"他心疼地说，"跟我说说吧，到底怎么了？"

室友们已经陆续睡下了，尹琛拿着手机走出了宿舍，在走廊最尽头靠墙而立，四周安静极了，只能听见听筒里女孩子委屈的声音。

"我这次参加的夏令营，里面有一个邻校的学生会主席，我们被分到一组做展示。他平时不怎么做事，又拖沓又懒惰，我说过他几次，他觉得没面子，一直记恨我。今天我们结业展示结束，大家都很开心，聚在一起喝酒聊天，我根本没理他，他却主动聊到了我们学校,最后还扯到了我身上。他笑我们学校男女比例失衡,因为女生少,男生都放低自己的标准找女朋友。我本来没想理他,觉得最后一天算了,但他越说越过分,句句针对我。我气不过,和他理论了几句,谁知道他突然就说中了我的痛处,我一下没忍住,瞬间整个人就要爆炸了,如果不是其他人拦着,我真的要打他。"乌钰娜气道。

"原来是因为这个。"虽然娜娜没有明说那个男生说了什么,但尹琛已经猜到了。很快他就明白了,为什么娜娜今晚会哭得那么难过。

"我知道不该和他这种人计较,所以当场我也没说什么。后来室友一直安慰我,说她以前也有和我一样的经历,所以能感同身受。我突然觉得自己很失败,原来我藏在心底最深处的东西,是这么容易被人察觉。更气馁的是,没想到过了这么久,我还是这么在意别人对我的看法,始终没有摆脱内心深处的自卑感。我一下子觉得自己很糟糕,就收不住情绪了……"

乌钰娜觉得自己太不争气了,声音越来越小,赌气地靠在了身后的石柱上。

"我们娜娜真可爱。"尹琛清了清嗓子,试着转移她的注意力,"但是,可爱归可爱,我还是想说,过去的就让它过去。今天可是我的生日,咱们开开心心的。还有几天你就回来了,快想想美好的事!至于那个学生会主席,如果你需要,我现在就飞过去揍他一顿!"

尹琛故意逗她。

乌钰娜听到果然没忍住，"扑哧"一声笑了。

不论什么时候，尹琛总能想方设法地解救她，让她开心。

她握着电话，郑重其事地说："谢谢你啊，有你真好。"

NO 03

五年前，乌钰娜还是一个不折不扣的小胖子，圆圆的小手托着下巴，总能压出三棱肉，加上她的身高不算矮，所以身材总是显得很魁梧，尤其是每次上体育课的时候，一些常规的体育运动在她眼里都格外笨重。

因为性格内向腼腆，那时候的她经常被班上的男孩子欺负。白天在学校被同学们嘲笑之后，晚上回到家中乌钰娜就躲在被窝里偷偷哭，然后在本子上一遍又一遍地写着"我要减肥，我要减肥……"

对于乌钰娜来说，有那么一段时间，她想减肥的念头甚至比考大学还要强烈，因为她经常会在走路不小心碰到旁边同学的桌子后，听到对方"咯咯"的嘲笑声；女生 800 米测试前的几个星期，她几乎没有办法专心做别的事情，满脑子都在想如何躲开同学们的目光，如果不能及格该怎么向老师求情，可是就算当天拼尽全力去跑，她

你要好好的

CHAPTER
2

找到自己的光亮

还是最后一名,其他同学都已经到老师那里拿成绩了,只剩下她坐在草坪上半天喘不过气来;每次学期体检的时候,她都要找人最少的时候,穿最轻薄的裤子,脱掉外套,连头绳和手链都一一摘下来,很有仪式感地一只脚先踩上去,另一只脚再上去。而当体检老师念出自己的姓名、身高和体重时,她多么希望老师能够小点儿声,再小一点儿,这样就不会被其他人听到。

高三的晚自习总是显得很漫长,乌钰娜为了减肥,常常不吃晚饭。可通常才到第二节课,她的肚子就开始咕噜咕噜叫起来了。每隔几分钟,她就要动一动凳子或者桌子,侥幸地期待发出一点声响,可以掩盖住自己肚子在叫的事实。只有她自己知道,那种小心翼翼像是做贼一样的心情,到底有多辛苦。

偶尔坚持不住了,就偷偷吃块无糖饼干,或者大口啃着从家里带来的黄瓜和西红柿,即便是这样,她还是很难瘦下来。天生不爱运动的乌钰娜早就明白了,像自己这样的人,喝水都胖。

她多么希望高三快点结束。

她无数次站在窗边,看着窗外不远处灰蓝色的海面,憧憬着未来的大学生活。

对她来说,大学生活是多么美好啊。

如果可以考到理想的大学——

她就可以利用假期时间泡在健身房,每天至少跑两个小时,再做一些有氧运动。饮食上拒绝油盐,以蔬菜和鸡胸肉代餐,网上说只要这样做一个月就可以减掉好几斤。

那么等到自己瘦下来的时候,她就可以自信地去新学校报到,忘掉高中的一切,让人生重新开始。

倘若真的可以重新开始,那就再也没有人知道她胖过,而那些因为胖受到的打击,也将在故事翻篇的那一刻戛然而止。

每当想到这里,乌钰娜都感觉重新看见了希望,内心一阵窃喜。

高三下半学期,在备考复习最关键的时候,领导们来学校检查,作为市重点,自然被要求素质教育过关,于是所有的体育课、活动课,都要恢复正常。

体育老师提前给同学们分成了几组,有的同学打篮球,有的同学打羽毛球,有的被分配去踢毽子,乌钰娜却被安排到了拔河的名单里。

班上只有两个女孩被安排去拔河,一个是高高胖胖的乌钰娜,另一个是全校铅球比赛第一名的"女汉子"马竹。

体育课的临时课代表是一个黑黑瘦瘦的男孩,爱好踢球,学习不好,经常欺负女生。无奈自己身材矮小,反倒经常被以马竹为首的女生们教训。这下好不容易抓住一次机会,他想借体育检查使坏,好好整一下马竹。

于是课代表开玩笑地向老师提议,比赛时由男生们负责在前面拽拉绳子,而乌钰娜和马竹分别在队伍最后绑住绳子。体育老师正手忙脚乱地安排着其他班同学，根本没顾得上过问，随口就同意了。

乌钰娜知道这件事后只觉得眼前一黑，她极不情愿地去找课代表，借口自己身体不舒服，不能参加拔河比赛，一旁的马竹却看穿了她的心思，私心里也不想只有自己一个女生参赛，于是在课代表面前放话，如果乌钰娜不参加，她也不参加了。

没办法，最后，一群男生连哄带骗，硬是把乌钰娜拉到了队伍末端，给她绑上了绳子。

拔河比赛站末端的人，一般都是班里最胖的人。他们把绳子绑在乌钰娜的腰上，让她用力下蹲，保持重心，使劲向后坐，以拖住对方。

乌钰娜被牢牢绑住，还在挣扎着乞求课代表，然而第一回合比赛马上开始，课代表完全无视了她的要求，和其他男生有说有笑地走了。

比赛一开始，大家精神十足，都非常卖力，谁也不让着谁。

乌钰娜和马竹使劲往后坐，以保持绳子尽量不被拉走。这时候，最前方的课代表突然身体前倾，大家好像商量好了似的，突然喊出："一、二、三！"然后突然松手。

"扑通！"

马竹因对面乌钰娜所在的队伍突然松手而失力，导致重心不稳向后倾倒，一屁股坐在了地上。

男生们见状，哄堂大笑。

而乌钰娜则被牵动的绳子死死勒住，向前扑倒，也摔在了地上。

虽然没有受伤，但当她笨重地倒在地上的时候，绳子还挂在腰部，当围观的同学把注意力从队伍那一端转向这一端，看到乌钰娜窘迫的样子时，又是一阵大笑。

这样的场景已经发生过无数次了，每次她被捉弄的时候，那群看热闹的人都等着看她怎么收场。她甚至都能想象，当她尴尬笨重地站起来之后，一定又是一阵笑声。

有那么一刻，她把头埋在胳膊下面，紧紧闭着眼，心里想着，能不能就躺在地上不起来，然后默默等笑成一团的人群散去，自己再悄悄爬起来。

但也只是想想而已，毕竟这样的场面，对于乌钰娜来说，无处可藏，她没有别的选择，只能硬着头皮假装不在意。

她紧闭了一下眼睛，深吸了一口气，决定鼓起勇气站起来，可是当她睁开眼睛想要起身的时候，一双熟悉的帆布鞋映入了她的视线。

她抬头看，是葛培。

他向她伸出手，真诚地想要拉她一把。

那个时候，乌钰娜不知道怎么形容那种感觉。就像是身处世界末日的废墟里，突然看到了另一个幸存者，好像再可怕的事情也不足为道，因为此刻，她不再是孤身一人。

葛培握住她的手，把她从地上拉起来，又利落地帮她解开了绳子，然后绑到了自己的腰上，并没有再多说什么。

乌钰娜不记得自己是怎么离开人群的，只记得那一刻好像突然间耳鸣了，是很真实的耳鸣，外界的笑声、起哄声、抱怨声，自己的呼吸声、心跳声、吞咽口水声，以及老师驱散看热闹同学的批评声、关心自己的询问声、重新组织拔河比赛的指令声，都混杂在了一起，汹涌地灌进了她的脑袋里。

她被这些声音包围着，仓皇而逃。

那天晚上，乌钰娜没有按时回家，而是去了很远的地方，一个完全不会被熟人碰见的地方。她买了一个蛋糕，又向小卖店老板借了一个打火机，给自己点了几根蜡烛。

这一天是她的生日。

一向缺少生活仪式感的乌钰娜，在这天破天荒地给自己准备了蛋糕。她对着蜡烛，闭上双眼，贪心地许下了一个愿望，然后吹灭了蜡烛。

她已经太久不敢吃这些甜食了，好像节食对自己来说，已经成了生活里必做不可的事情，稍微贪吃一口，被人发现，她就会为没能控制住自己而感到十分丢人。

哪怕没人看见，她也会因为多吃一口而感到羞愧。

而今天，一切好像不一样了。

在自己跌倒的那一刻，她对曾深陷无数次的场景感到失望，在葛培出现的那一刻，她感到身体里有一股莫名的力量，她像曾经站在窗前展望大学生活那般，对生活充满了希望。

于是在她生日的这一天，在那个糟糕的傍晚，她逃到了一个完全没人认识她的地方，疯狂地、快速地吃完了整个蛋糕。

这一次，她不想考虑脂肪，不想考虑热量，不想考虑旁人的眼光。

她一边疯狂地吃着，一边狼狈地哭着。她知道，也许未来很多天里，她都要为这一刻的任性付出代价，但她根本停不下来，或者说她根本不想停下来，连同白天在操场上受到的屈辱，连同这么多年对"胖"这个字的敏感和介意，连同所有的怨气，连同葛培那个小小举动带来的不同，她都通通吃到了肚子里。

吃完，她抹了抹嘴，才一会儿，便突然感到胃里一阵恶心，然后"哇"的一声把刚刚吃进肚子里的蛋糕全吐了出来。

可能是太久没进食这类高热量的东西，引起了胃口的不适，乌钰娜无力地望着眼前的一切，却很快恢复了眼神里的光。

回家后，她利索地把沾满奶油的校服丢进了洗衣机，就像是扔掉一件令她恶心的东西一样。随着滚筒的转动，她想把今天发生的事清理得干干净净。

她对自己说，新一岁，要有所不同。

这一岁，要重新开始自己的人生。

也是从那年起，她变得格外坚强，还有，无比重视生日这件事。

体育课事件之后，她开始对葛培这个神秘话少、不爱和班里男生打篮球，却喜欢安安静静研究戏文的男生，有了一种莫名的好感。

CHAPTER
2

找到自己的光亮

准确地说，这种好感超过了好朋友之间的欣赏，但她心里很清楚，这也并不算是喜欢。沉默寡言的葛培和自卑敏感的自己，是永远都不会成为好朋友的。

只是作为同样的"异类"，他们在某一刻能够灵魂共处。

葛培是那种一年四季穿着同样的帆布鞋，坏了一双就再买一双一样新鞋的男生。他虽然瘦小，但特别有个性，宁愿被罚多做十件事，也不愿意多说一句话。而那些淘气的男同学，常常利用葛培这一点，让他被动包庇自己，每当班主任问起来，葛培不做解释的样子常常把她气得不行。

曾经有一次，因为班上几个活跃的男生想去网吧打游戏，又担心被老师发现，于是就把葛培拉过去"放哨"。主任路过看见这一幕的时候，他正蹲在网吧门口研究英国戏剧的文本，不出所料，那些上网的男生通通被抓受罚，葛培则被老师教育一番后，轻松地被放回家。

在这之后，班上的男生都开始排挤葛培，动不动就把他的书包藏起来，或者在体育课打球的时候，故意让他捡球，就连课间的时候，也经常抓机会让他去帮忙买汽水喝。

不愿意多说话的葛培，每次都是顺从答应，当然，他也找到了躲开这些男生的办法——一下课就冲去图书馆看书。

葛培是学校图书馆的常客，经常能在外国文学书架的里侧看到他沉迷读书的模样。时间久了，他和图书管理员混得面熟，还会被问起诸如"校园该引进什么类型的刊物"这类问题。

乌钰娜想了解葛培喜欢看什么书,于是每每从他的课桌旁路过时,都会刻意瞄一眼他看的戏剧文学作品,然后去图书馆形容出一个大概的书名,从管理员那里借一本一样的图书。

她从来没有主动和葛培交流过什么,哪怕是对同一本书的理解,她也没有勇气和他探讨,只是模仿他的样子,投入地、深情地,把自己也放到他喜欢的戏文世界中去。

起初,她很好奇,这个痴迷书籍的男孩为何心思如此特别,那种特别,是外表虽然很冷酷,但你深知他内心温柔善良,并有一种高深莫测的孤独。后来,随着借阅书籍的增多,她也渐渐感受到了戏文世界的迷人所在,文字的力量原来这么深不可测。

渐渐地,乌钰娜也喜欢上了戏文,喜欢上了文字的表达。

在长达半个多学期的"无声相处"中,乌钰娜从葛培身上找到了一种莫名的力量。这股力量很奇妙,他并没有在众人嘲笑她的时候为她开脱或者解释什么,也没有在她如同以往灰心丧气的时安慰过她,可是因为他的存在,她慢慢地找到了自己,慢慢地和内心深处那个最真实的自己,相遇。

她从他身上感受到的力量,是不受任何外物影响的最踏实的能量。

其实我们每个人,都或多或少会因为外界的评价产生一些自我认知上的偏差,他人说你胖,你行动起来就是愚蠢的;他人说你富有,你穿便宜的衣服便觉得束身；他人说你成绩差，你就会羞于提问……实际上，你是你，自身即自身。

NO. 04

高考结束后，乌钰娜顺从内心的选择报考了戏文系，一个家长眼中相对冷门的专业。

她鼓足勇气约葛培去不远的海边散心，想要以此感谢他曾经无意中成为一束光，照亮了她的生活；想要和他一起探讨关于文学、关于本我、关于价值等那些在她心中千回百转的东西。

如果顺利的话，她还想要……

想要和他成为好朋友。

然而，现实并不像她无数次设想的那样，葛培用冷静又平淡的口吻打断了她。

"我听家里的意见，读了金融专业，我爸给我选的。"

葛培说这句话的时候，没有任何表情。乌钰娜在他的脸上看不到应有的落寞，他甚至没有一丝愤怒、可悲，或者是可笑的神情。这么多年，不管发生什么，葛培都以这种镇定的姿态表达"可以接受"，好像除了他自己以外，没有什么能真正掀起他内心的波澜。

她瞪大眼睛看着葛培的侧脸，那条明显的下颌线就像一把锋利的刀刃，在试图告诉所有想接近他、影响他甚至改造他的家伙，不要靠近。

那是乌钰娜第一次和葛培这么近距离地说心里话，她把对葛培没有选择戏文系的不解、失望，都通通说了出来。在她看来，做自己真正喜欢的事，比被迫在不喜欢的领域里寻找美好重要多了。

然而葛培好像早就洞察了乌钰娜的心思一样，只是云淡风轻地听着，还是那副老样子，没有再解释什么。

他把金融系录取通知的照片拿给乌钰娜看，眼睛里带着很复杂的光亮，这种平淡无声的接受，既像是遵从命运的选择，又像是沉默的反抗。

在那之后，他们再也没有联系过。

两个人不在同一座城市，也不读同一个专业，带着年轻时期的误会、冲撞、解救，带着慢慢长大的理解、释怀、淡忘，擦肩而过。

乌钰娜很清楚，葛培对自己来说，不是什么青春期特有的情愫，而是依赖和寄托。她和葛培像两个陌生人一样，从来没有靠近过，她却从他的身上获得了温暖。

你要好好的

Chapter
2

找到自己的光亮

No. 05

  高考结束的那个暑假，她如自己所愿，去了健身房运动。每天疯狂跑步，做器械训练，加上控制饮食，减肥之路总算有了一些效果，虽然并没有瘦到她之前设想的样子，但随着身体一点点发生改变，乌钰娜也在动摇之前的执念。

  一整个暑假就像疾驶的列车一样轰隆而过，上了大学以后的乌钰娜依然微胖，但是肌肉量比以前增加了不少，她变得比以前健康了，也更开朗了。

  对于内心敏感的乌钰娜来说，学习戏文专业无疑增添了不少心事和烦忧。小时候喜欢读三毛和张爱玲的作品，后来到了大学，开始读从前念书读不懂的鲁迅、卡夫卡和格拉斯的作品，她更加深刻地认识到，自己身上所有悲悯的情绪、卑微的心结，都源自不够自信。

  对一个女生来说，在社会人情交往中，难免会遇到各种棘手的问题，能够辨别和认知自己，并相信自己的力量，很重要。

  她开始参加戏文社，一度成为社团最活跃的撰稿人。她主动参与导师的读书会，在受到系里认可后，参与编写师兄师姐的毕业大戏。后来，借由她编写成名的校内作品，慢慢接触到了校外的工作，从一个打杂的写手变成一个项目的主导人。

  她知道自己身材不好，所以学着规避身形的缺点，买长裙挡住腿部的粗线条，或者穿一些质感很好的宽松阔腿裤。

蛋糕热量高，那么就少吃一口，但不会再让口食之欲和惧怕长胖这两个矛盾体在同一个心房争论太久。

运动很重要，不过长时间伏案工作之后，不会再逼迫自己去健身房"休息"，而是看本轻松幽默的书，或者早早睡上一觉。

她不再幻想有一天自己真的瘦下来了，旧衣服通通扔掉，身边人都对她刮目相看。她开始学着真正自信地接纳自己，发现并承认自己的闪光点，并且，她终于明白了一个道理，在不辜负自己的情况下，尽量开心就好了。

上进心很强的乌钰娜，也有小女生的一面。她无数次设想过，自己以后的男朋友会是什么样。

和自己一样胖？这样她就可以收起全部的自卑，放心地谈一场公平的恋爱，这样自己全部的烦恼，对方都能感同身受。

或者……高高瘦瘦？那是她梦寐以求的身材，毕竟人都是向往美好的，尤其是那些自己拼了命也不能实现的美好，如若恰巧发生在他身上，也算是一份对遗憾的补偿。

想了想，她也不知道。

也许只有当那个人真的来了，当她真的做好了全部准备，决定和他在一起后，她才会慢慢描摹出那个人的模样，才知道，原来这个人是这个样子啊。

乌钰娜和尹琛，并不算是一见钟情。

尹琛是一个非常优秀的学计算机专业的男孩，虽然貌不惊人，但为人正直，温柔善良，而且，也有一点胖。

依着人际交往的曝光效应，尹琛对乌钰娜慢慢有了好感，并成为第一个夸赞乌钰娜"好看"的人。她原本以为他的称赞只是一种礼貌，怎知在日渐了解之后，才发现这句"好看"不仅仅是简单的客套话。尹琛的每句话，都带着与生俱来的真诚，而眼前这个温柔的男孩，竟也慢慢成了乌钰娜心里喜欢的人。

尹琛第一次见乌钰娜的时候，是在一次社团聚会上，觥筹交错间，乌钰娜小心计算着食物的热量和卡路里，想吃又不敢吃，犹豫又不想让旁人看见，那样子实在可爱。

风趣幽默的尹琛走到乌钰娜身旁，假装不经意地拿起一块蛋糕，果断地一口吃了下去，然后小声道："哎哟，明天又要多跑一圈了。"

也许就是这个不经意的小动作，让乌钰娜注意到了他，也无形中聪明地拉近了他和乌钰娜的距离。

再次见面，是在一个心理学系的小组里，做的是关于"此间信任"的课题，也是在发言交流过程中，尹琛发现乌钰娜思路非常清晰，表达也异于常人地准确，好像与忌口犹豫不定的女生判若两人。

小组活动后，尹琛早早收拾好书包，等着乌钰娜一起走，寒暄两句后，不会聊天的他，随口憋出了一句"你穿这身运动服，比上次那身黑色运动服合适，今天很好看"。

我……好看？而且，他记住了我上次穿的是黑色运动服？

乌钰娜显然被这句突如其来的夸赞惊到了，长到这么大，没有人夸过自己好看，但好像这个男生，又不像油腔滑调随口一说。

在一个计算机专业的男同学眼里，"好看"并非单纯的音容笑貌的动人，或服饰搭配比较悦目，而是你能有规律可循地发现她的闪光点，就像输入系统里的一套指令算法一样，在一来二去的对话、交往过程中，感受到对方的优秀勤恳，还有发自真心的善良，得到最终的答案——我喜欢。

在之后的相处中，尹琛教会她很多，包括对自己的认知，也包括对身材的认知。尹琛贴心地鼓励她去校外的健身房运动，这样可以避开校内人无意的聚首，但他强调运动不要带有很强的目的性，至少不要为了减肥而运动，而是为了运动而运动。

在尹琛的建议下，乌钰娜还参加了很多活动，有些是需要抛头露面的演讲，有些则是穿着正式的酒会。这些都是乌钰娜曾经很排斥的事情，登台注目之下，她会很不自在，好像那些目光都在批判和小声窃笑，而穿着紧身的正装，她会觉得很别扭，不自觉地习惯用手拽拉裙子上的褶皱。

但尹琛不止一次告诉乌钰娜："这个事情和胖没关系，每个人都有自己的社会符号，我们需要打磨的是身份认同，而不是掩饰和隐藏异议，你不该过分在意你胖还是瘦。我们能做到。"

乌钰娜照做了，然后做到了。

但有时候，也不是只要做好一切准备想要的结果就会如期而至。大三那年的保研面试，乌钰娜在拿到本校的保研名额之后，申请了一个外校的项目，但在面试那关，履历非常优秀的她被筛了下来，输给了一个她认为无论成绩还是简历都不如自己的人。

但那个人身材高挑，还很漂亮。

乌钰娜一度认为自己是输在了外表上，因为她在终面过程中，发言谈吐一直都好过那位漂亮女孩，怎么也想不通为什么自己没有通过。

当这么多年来靠努力积攒的实力，败在了她所认为的先天外表下之后，乌钰娜觉得很失望，因为在这一点上，自己是无论如何也追赶不及、弥补不上的。

"如果不是因为这个呢？"尹琛在她把自己关起来一个星期后，想和她好好聊聊这件事。

"我也安慰自己，不是因为这个，可你说因为什么呢？"乌钰娜嘴上说着接受事实，可心里还在赌气。

"娜娜，原因有很多种，有你能控制的，也有你不能控制的，我们能做的，就是去做自己能控制的那一部分。"尹琛并不想把话说得太透，"你说，如果是因……"

"我以为，只要我努力准备了，全力发挥了，就能有一个公平的结果，但事实证明，这个世界根本不公平。"没等到尹琛把话说完，乌钰娜就抢先表明了自己的立场，因为以上尹琛说的话，她早就能猜个八九不离十了。

"因为世界不公平，我们就放弃世界吗？显然不是，恰恰因为这个世界是不公平的，我们才要不断去追溯公平的那一端，哪怕只是追溯，或是靠近，哪怕只是一分，只近一毫。"尹琛并没有跟着乌钰娜的情绪起伏走，"所有困难都是生活给你的题，是要你去解，而不是要你逃避的。没复习好就不去参加考试了吗？有比你天赋异禀的同学，你就放弃努力了吗？显然不是。结果很重要，但人生不止一个结果。"

乌钰娜望着窗外，左耳进右耳出，她也不知道自己能消化多少，好像从小到大，她就一直不需要谁的答案和帮助。不过尹琛深知这一点，所以也不会强求她立刻会有改变，但他不知道，这种缓缓的梳理，对乌钰娜竟有了潜移默化的影响。

久而久之，乌钰娜被眼前这个喜欢小动物、无数次在困境里解救自己的男生，产生了好感和依赖。他们在一起之后，乌钰娜渐渐学着放下很多偏见和执念，开始把精力投入充实自己的生活中，也许是因为有了男朋友的陪伴，做任何事情她都觉得很踏实。

她渐渐明白，一个人不能只看旁人的眼光，也不能只关心自己过得好不好，在这之外，还要对这纷繁复杂的生活充满关怀，充满爱。

NO. 06

  这一次乌钰娜参加的夏令营，是两岸高校青年研学项目。当初报名这个项目，乌钰娜从笔试到面试准备了足足一个半月，一路过关斩将才拿到宝贵的名额，对她来说，这是一次特别难得的学习机会。

  夏令营的团员基本上是两岸各地最优秀大学的顶尖学生，其中有做课题科研数一数二的高分学霸，有工作出色的学生会主席、团委副书记，有通过国际大赛拿奖无数的社团高手、"模联"达人，总之，都是一群极其优秀的人。

  在夏令营里，团员每周都要听两场两岸各地最厉害的企业家、政客、教授或者知名社会人士的讲座，其余时间则是去参访实践、团队交流，还有每周做一次小组形式的报告，分享这一周的学习成果。

  报告分不同的主题，可以是回顾型分享，也可以是启发式探究，自由发挥，毫不设限。来自导师团的各位评委根据同学们展示的成果进行打分，最后在结业典礼上颁奖。

  因为一、二、三等奖并不会有什么实质性奖励，所以有些同学根本不把报告当回事儿，何况是在一群出类拔萃的同龄人面前，谁也不太服气谁。

  乌钰娜在小组里是负责文字部分的，除了记录讲座内容、讨论简报，还要写展示初稿，并且负责最烦琐的统稿和组稿。团队里有一个来自邻校的男生，每次他自己负责的那部分文稿都会一再拖延交稿，对团体展示也毫不关心，非常没有责任感。

乌钰娜早就看他不顺眼，只不过大家都是萍水相逢，一个月后又各自天南海北，所以团队里的其他人，都不会直接表达不满，彼此见面继续保持礼貌客气，一来二去地互相迁就着，也未曾多说什么。

但一向认真的乌钰娜对每次报告都非常重视，做好每件事，是她的人生准则，所以难免在催促过程中和对方发生些不愉快。

同组的人都劝乌钰娜不要为这事生气，但就像那个明知故犯屡教不改的男同学一样，乌钰娜每次帮忙收拾完烂摊子，都少不了对他一顿贬损。

夏令营结业当晚，乌钰娜所在的小组拿了一等奖，组里认真准备报告的同学全都高兴极了。这一天又正好赶上尹琛过生日，乌钰娜一整晚都处于非常兴奋的状态。

大家开心地参加结营晚会，表演节目、喝酒、玩游戏。晚会结束后，一些小组去通宵KTV庆祝，还有一部分人去轧马路谈天说地，毕竟这不长不短的一个月时间，大家也积累了一些感情，即将分别的时候，难免会有些不舍。

乌钰娜和组员们难得拿到一等奖，也想好好庆祝一下，于是有人提议，继续到酒店房间里喝酒吃消夜。

不过恼人的是，那个总被乌钰娜"白眼"的男生，从晚会开始就一直挖苦其他成员，也谈不上刁难，但就是习惯性地酸一下别人。

等回到酒店房间，更是不请自来地和大家坐到一起，并且肆无忌惮地把每个人都点评了一遍。

大家理解他这是喝多了，这一晚又是在营地里的最后一天，谁也不想起争执，只是强颜欢笑，保持着基本的和颜。

可是等到那个男生点评到乌钰娜的时候，他突然问："你谈没谈恋爱啊？"这种问题，一时引得大家一阵尴尬。

见状，这个男生忙着解释："别误会啊，别误会，我还是有自己的要求和坚持的，我只是好奇，娜娜你这样的女孩，到底交没交男朋友？"

一旁的小萍是娜娜的对床，她感觉有点不对劲，于是抢先回答："当然交了啊，人家男朋友可好了，不仅学习成绩好，对娜娜更是体贴入微，每天打电话发视频，羡慕死了呢！"

大家纷纷点头应声，不让这个讨嫌的男生得逞。

"啊？就算你们学校男女比例失调，但你男朋友也太随便了，也不看看是什么样的人，着急交配吗，噌噌地往一块儿钻。"

大家愣住了，悄声侧头看向乌钰娜。

"你说你这么胖，你男朋友怎么会喜欢啊？那咬一口，还不得一嘴油？而且你那么爱较真，我都没嫌你吨位大，平常讨论时老占我地儿，要不是你，我怎么会不爱参加讨论……"说着，他自己先笑了起来。

虽然周围的人无一响应，但他这种自讨没趣的行为，显然在自导自演下给他带来了一种得逞后的兴奋。

在场所有人都意识到他说的话有多过分,乌钰娜是负责结业报告的主讲人,为了上台演讲,这段时间一直没怎么好好吃饭睡觉,她的认真所有人都看在眼里,大家都很心疼这个组长。在一度尴尬的气氛里,小萍只好随便找了个借口,散了这场局。

待所有人都离开房间,一直站在原地全身紧绷的乌钰娜才假装像没事一样,说要给男朋友打电话,走了出去。

乌钰娜强忍着泪水,但眼眶已渐渐泛红,为了避免在电梯里遇见其他同学,她从十一楼的楼梯一路狂跑到一楼,一向体育不好的她,一秒钟也没停下来。

她跑出大门,靠着酒店泊车处的大理石石柱痛哭,因为气息还没捋匀,抽咽得有些严重,几度感觉快要喘不过气了。

风把她为了展示精心卷弯的头发吹得乱糟糟的,发梢被落下的泪水浸湿,沾在嘴角边,有一种很不舒服的黏腻感。

她拿起手机想要打给男朋友,但看到手机屏幕上的日期和时间,又放下了,她想此刻应该先一个人冷静一下。

也许有时候就是这样,当你遭遇的所有不公平、碰到的所有烦心事,都一股脑儿冲向你的时候,你第一个要做的,不是乱了阵脚四处求救,而是一个人站稳脚跟,一个人面对,一个人接受,然后一个人平静。

CHAPTER
2

找到自己的光亮

台北的风轻轻吹着，路边不知名的野花都开了，树上也结了香气宜人的果子，空气里有一种特殊的味道，像是小时候看的偶像剧里的场景一样，夜幕星空，一晴如洗，路边偶尔经过的恋人，在用很好听的台湾腔聊家常。

　　乌钰娜慢慢缓过来一些，情绪也平稳了许多，她试着做了几次深呼吸，才拨通尹琛的电话。

　　这一刻，她觉得好难过——

　　她实在不想以这样的状态和男朋友说生日快乐，可是在她脆弱的时候，又真的很想听听他的声音。

NO. 07

　　尹琛已经彻底不困了，电话那头的乌钰娜也完全平静了下来。

　　她坐在石级上，吹了会儿晚风，好像心里通透了许多。

　　"我想了想，刚才那么崩溃，或许并不是因为我被别人嘲笑'胖'，毕竟从小到大，这么多年，我都是这么过来的，你也帮我走出来了。可能真正让我崩溃的是，已经过去这么长时间了，我依然能被'胖'这个字戳到痛处。所以我还是没有自信强大到百毒不侵，突然在那一刻，我觉得自己很失败罢了。"

电话那头再次响起了温柔的声音:"那现在怎么样?舒服一些了吗?"

"嗯,听你的,完全放下。"她怯怯地说。

"完全放下?"尹琛问。

"嗯,完全放下!"她坚定地说。

说完,两个人不约而同地笑了。

挂掉电话后,乌钰娜没有立刻回房间,而是默默地靠在门前的石柱上,平静地看向远方。此刻已经凌晨一点多了,酒店附近恢复了属于夜晚的安静,静得能听见远处水塘里偶尔传来的蛙鸣声。

乌钰娜的耳边一直回响着尹琛刚刚说过的话:"你的人生需要关注的事情有很多,不应该只有'瘦'这一件事,而你也不该单凭'胖'这个字眼就给自己盲目下定义。你应该做更多有意义的事情,发现自己的光亮所在。记住,找到自己,永远比听说自己更重要。"

"是啊,找到自己,永远比听说自己更重要。"

她暗自说完,直起身拍了拍沾在裙子背后的灰尘,朝明亮的酒店门口走去。

找到自己的 光亮

CHAPTER 2

END

你要好好的

CHAPTER
2

找到自己的光亮

你要好好的 CHAPTER.

时间是片海,你我皆游人

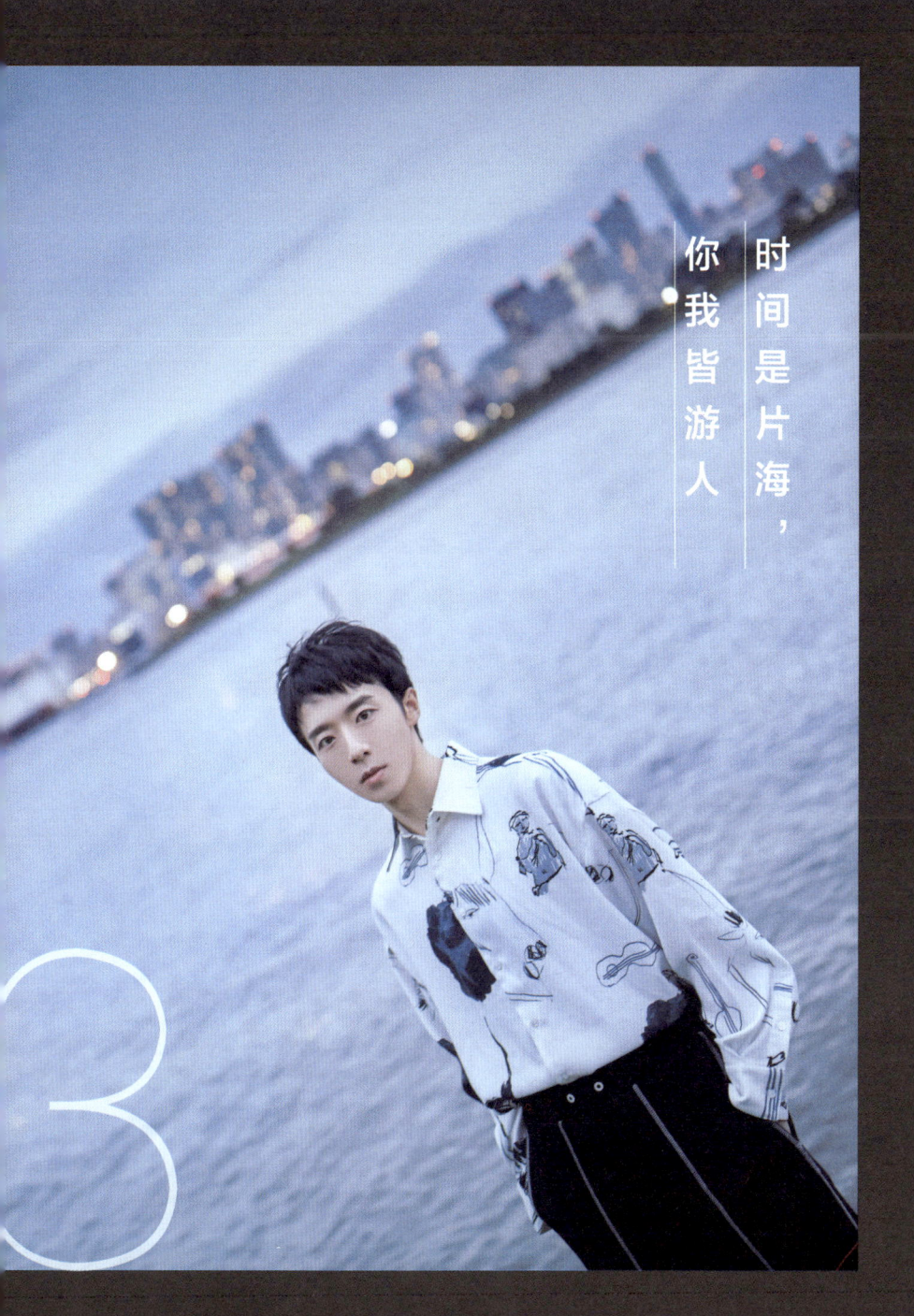

3

他们都在改变，

无所谓变好或变坏，

或者是变成自己曾经最讨厌的样子。

因为有所改变，

才能慢慢了解这个世界的游戏规则，

并且在游戏中不被淘汰，继续玩下去。

Chapter
3

时间是片海,你我皆游人

No. 01

  每年春季学期,是实验中学最热闹的时候。
  很多当初没有考上重点中学的学生都在这个时候从别的学校转学过来。他们当中多是经过几个学期的学习靠全区统考的优异成绩补进来的,或者是没有就读资格却想来实验中学借读,以期得到更好教育资源的借读生,又或者是一些来头不小却来历不明,硬生生被塞进这所全市第一学校的关系户。
  本校的学生已经习惯了一个学期后,班上突然多了十几个新同学这种事了。
  由于转学生挤占了原本的座位、宿舍、食堂,又或者总是有惹是生非的小混混堵在校园门口让学生们不得安生,混着漫天柳絮,熙熙攘攘的开学季让大家的心情异常烦躁。

No. 02

  许添转学来(18)班的那天,班里异常安静,这和半年前麦子转过来轰动全年级的场景简直天差地别。

在实验中学这一届里，文科实验班和理科实验班经常在全市拔得头筹。实验班是全校最清静的地方，班级里全是安安静静读书的学霸。虽然每年都有很多人挤破脑袋想进实验班学习，但进入实验班需要通过难上加难的几层考试，可谓是百里挑一。

因此不管是像麦子这样家境殷实的学生，还是像许添这样普通的男孩，作为转校生，他们有一个共同点，那就是学习成绩足够优秀。

麦子转学来的第一天，就引起了全校的轰动。

原本实验班已经满员，不再招补进生，麦子同学却能破格进入这个班级，如此已经足够惹眼了，而他在原来的学校还是篮球队队长、学生会主席，再加上长相俊秀、身材高挑，自然成了大家热议的话题。

但许添不一样，在他很小的时候父母就离异了，他跟着在实验中学担任历史老师的母亲一起生活。当初考实验中学的时候，他差几分没考进实验班，他妈妈硬是安排他去另一所普通高中念书，卧薪尝胆，直到来年重考实验班。

许添相貌平平，成绩在实验班里也不算拔尖，再加上他整日一副无精打采的样子，转学来的那天几乎没有人关注他，班里的同学也很快就接受了这个普通的大男孩。

也许都是转学生的缘故，加上性格互补，一个强势、一个顺从，麦子和许添很快就成了好朋友，他们每天一起上学、下课，就连做课间操也一起去。

因为麦子常年蝉联理科第一名，加上出众的外表和优渥的家庭条件，每天只要走出教室就会获得不少女生投过来的羡慕的眼光，而一旁的许添对此也早就习惯了。

"昨天月考怎么样啊？我回去仔细想了想，可能作文这次写得有点冒险。"麦子不仅爱好运动，也喜欢参加学校举办的各种学生活动，对待学习的态度也很认真，每次考试结束都很喜欢"复盘总结"。

"还是老样子。最好也就是三四十名，不好还能差多少呢？"许添永远都是这样的口吻。

他就是那种非常容易知足的人，只要不太坏怎么着都可以。

麦子没再继续问，而是撞了一下许添的肩膀，转移了话题："对了，你前段时间说的那个女孩，后来你们联系上了没？"

"她啊。"许添拉着他那充满特色的长音，有气无力地解释着，"她给我打过一个电话，没接着，再拨回去，没人应了。"

"然后呢？"

"没然后了，就那样呗……"说着，许添踢了踢脚下的石子，但没有踢出去多远。

许添以前就读的学校有一个叫崔晓凡的女孩，相貌平平，学习平平，可能就像她的名字一样吧，实在平凡。但许添被她永远洗得很干净的校服、散发着清新洗衣液香气的格子衬衫，以及一条利落的马尾辫深深吸引着。

他们两个人在一个文学社，平常学习也是互相鼓励，渐渐就产生了一种只属于青春期的特别情愫。

"就这样了？我说你什么时候能长点心啊，哪有这样的……"麦子显然对许添表示无语，他实在是想不通许添这种畏首畏尾的性格到底是因为什么。

许添没说什么，只是摆出来一副"再说吧"的表情。

在无数个被太阳晒得脸颊发烫，整个世界都明晃晃的午后，面对麦子的一系列"习惯性教育"，他都摆出来一副"再说吧"的表情。

确实很多事情都可以"再说"，我们总是期望靠着拖延来缓解一下自己的焦虑，给实力不足或根本没准备好找一个看似安慰的借口，不管是想减肥却忍不住食物的诱惑，想提高成绩却向来马虎粗心，对自己的未来感到迷茫无知，向喜欢的女孩表白失败，这些事情统统都可以再说，因为只要有时间，就总有希望。

殊不知，时间就在这些"再说吧"之中慢慢流走了。

NO. 03

作为理科实验班的篮球队顶梁柱，每次篮球赛麦子都会认真地准备，组织同学进行赛前训练。

高二学期的"退役"表演赛，是理科实验班和普通班的最后一次较量，麦子作为队长自然非常重视。

每天放学后他都会背着很沉的课本、练习册，第一个冲出教学楼，然后到篮球场换上装备就开始有计划地训练。可是就在比赛开始前一周，麦子不小心在抢篮板球时和另一个同学撞到一起，扭伤了脚踝的骨头。

眼看比赛就要开始，而实验班真正能打篮球的人一共也没几个，原本靠着麦子超强的个人能力，还有胜出的可能，这下进攻主力受伤打上了石膏，球队赢球希望渺茫，麦子无比自责。

许添也喜欢篮球，只不过他只是喜欢看比赛，对技术知识了如指掌，实际上打起球来也就是体育课打着玩玩的水平罢了，和麦子

这种参加校队训练的人相比,差距很大。

得知麦子受伤之后,许添一边要每天负责照顾这位伤员,一边又在犹豫后答应了替他比赛,并组织队员训练的请求,一时之间忙得不可开交。

有时候麦子还是挺感慨的,有这么一个听自己话的兄弟在身边,也挺好的,不管发生什么,许添都是第一个挺他的人。在许添眼里,麦子是生下来就要赢的人,而自己,愿意陪他见证这一切。

比赛那天,麦子挂着拐杖来到现场,给自己的球队、好兄弟加油。虽然他知道自己不在场上,实验班的实力弱了一大截,但还是抱着一丝侥幸和希望，期待着实验班逆风翻盘。

比赛开始才一小节，实验班紧张的打法和低迷的斗志就被对方球队捕捉到了。他们利用实验班的失误频频进球，才十分钟，实验班就被大比分超过。

麦子急得一直在场外进行技术指导，在他看来，这根本不是在比赛，完全是在走形式。

"喂！从侧面进攻啊！这么好的机会赶紧上啊！"

"哎哟！你们防守啊，这球进得也太容易了吧！"

他对着球员大吼，脖子上的青筋暴起，球场四周的女生第一次见到麦子如此急躁。

第二节过后，实验班落后二十几分，基本上没有赢的希望了。

趁着短暂休息的时候，麦子给全队同学开小会指导战术，尤其对许添那种不拼尽全力的防守型打法，他提出了自己的看法，情急之下自然说话的语气也不好听。好在许添了解麦子，也习惯他的处事风格，只是默默地听着，点头答应，然后耷拉着脑袋回到了场上。

第三节，实验班靠着麦子的战术，将比分差距缩小了几分，不过许添的表现依然很随意。最后一节，一个关键性的罚球，麦子近乎在场外吼出了许添的名字，但就像以往任何一次考试一样，许添都是普普通通地发挥，只得了两分，最终37∶61，以实验班失利告终。

这场篮球赛就像是高二同学的谢幕表演一样，它宣告着噩梦一样的高三生活即将到来，也宣布着全部的体育课都要被自习课占用。这个分水岭的告别仪式，显得格外重要而压抑。

比赛过后，同学四散，麦子坐在篮球场上发呆。在最后一场篮球赛上，他能做的事情微乎其微，他只能拄着拐杖，站在球场旁边，无力地等待着早已预料到的结果。

天边的紫色晚霞像是一瓶倾洒在帷幕上的颜料，涓涓地铺满整片天空。

许添收拾好书包向麦子走了过来。

"走吧。"他就像每天放学叫麦子一起回家一样，语调丝毫没有改变，也看不出有任何失落。

"我们从来没丢过这么多分。你都不觉得丢人吗？"麦子一边挣开搀扶自己的许添，一边逞强自己站起来，"你为什么不尽全力打？你看看他们都跟你玩命了，你还在那儿一副吊儿郎当的样子。"

麦子显然还在生许添的气。

许添嘴巴张了张，想要解释什么，但又犹豫了。

虽然他最后什么都没说，但他心里知道，这是他第一次对麦子说的话想表示反对意见。

"你说你看着我们输球，就真的甘心？"麦子说着抢过许添手里的书包，"我们高三了，再也不能打球了！我真是一辈子都会记着今天！"

麦子一手挎着包，一手拄着拐杖，刚跨出一步，脚踝疼得就差点没站稳。许添赶忙冲上去扶住他,却被狠狠推开。

"不需要你!"麦子言辞决绝地往前走。

许添听到这句话的时候愣住了,他双手垂在腿前,站在那里,终于决定说点什么。

"麦子,如果你能自己拿书包,就不要每天放学让我给你拿东西。如果你能打球,就不要在我上场的时候给我指导。你自己能做到的,不代表我能,更不代表我愿意。今天这球,我是输了,但我没有你那么强的得失心和胜负心,我觉得打得挺开心的,看不惯,你就自己上!"

这么久以来,许添一直默默忍受着麦子对他的指点,就像忍受他妈妈一样,所以在挫败感爆发的时候,他会选择甩狠话来保护自己最后那一点点自尊心。

"你什么意思?"麦子对他的这番话显然有些意外。

"意思就是我的人生我自己管,你的人生也只由你自己负责。"说完,许添径直走开,刚刚站稳的麦子被他的肩膀撞得差点一个趔趄摔倒。

麦子努力站稳后,不甘心地往前走了半步,拉住许添的胳膊反击道:"每天一副无精打采的样子,你好好学习了?好好和崔晓凡沟通了?好好打球发挥了?还好意思说我,要不是我每天催着你这个那个,就你干什么都泄气的样子,什么事能做好?我告诉你,最后你什么都没有的时候,别到我这儿后悔!"

说完，一把推开了许添。

在他眼里，许添一向很听自己的话，但他今天这种不知悔改却又嘴硬的行为，实在很让人生气。

不知怎的，许添的胸口也有一股无名火，在几下互相贬损和推搡之中，两个人扭打在了一起。虽然许添下手并不重，但麦子毕竟因为打球而伤到了脚踝骨，根本不是对手。

打斗之中，麦子被推倒，一屁股坐到了地上，脚踝疼痛欲裂。

许添喘着粗气站起来，掸了掸衣服上被抓皱的地方，他愤怒地定睛看了眼面前这个倒在地上、狼狈不堪的风云人物一会儿，然后没有任何表情地转身离开了。

这是他们第一次争吵，也是唯一一次争吵，在这之后，大概有一个月的时间，两个人谁也不理谁。

当然男生之间总还是有着很简单的交往原则，只要不是根本问题，兄弟还是兄弟。后来麦子找机会主动示了好，也在某一天放学后正式道了歉，到这份儿上，许添也就跟着承认了自己不对的地方，两个人继续一起上学下学打球吃饭，就像什么也没发生过一样。

CHAPTER
3

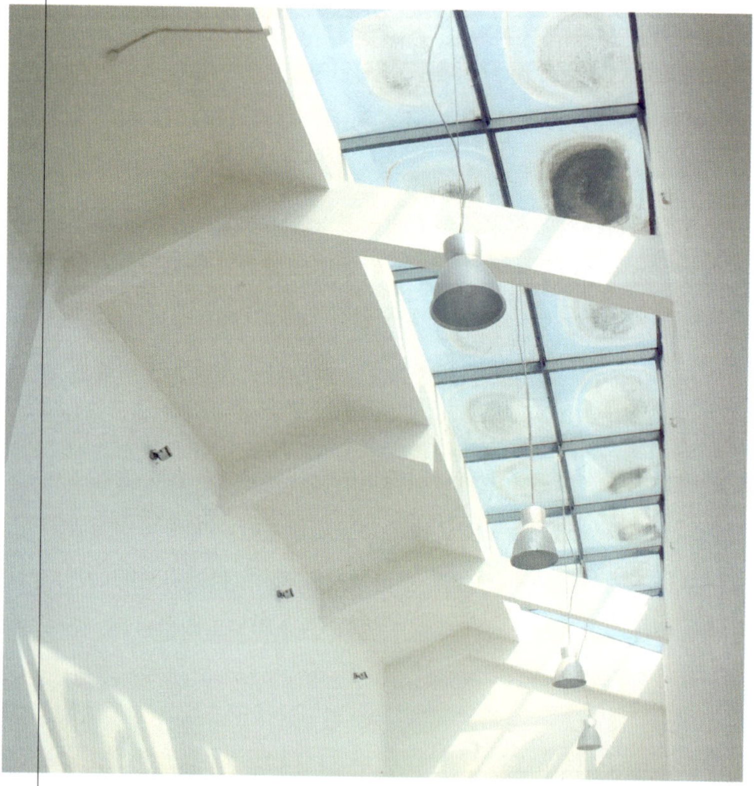

№ 04

一晃两个学期过去了，(18)班的同学在扔课本的呐喊中，庆祝自己终于摆脱了噩梦一样的高三。比起成人礼，高中毕业才是他们真正长大了的标志。

麦子在高考前就服从家里的安排，去了美国一所前十的大学读政策管理。许添也正常发挥，考到了北京的一所重点一本大学，学国际贸易。

麦子的优秀是骨子里的，到了美国也一直是全校前几名的成绩，还因为发过论文被导师选中直接保送研究生。

而许添则是普普通通的大学生一枚，没有了麦子在旁边出谋划策，他的大学生活显然吃力一些。在几次考试之后，他才慢慢摸清大学的学习方法，可是一直徘徊在中下游的成绩，直接导致了在按照成绩选择专业的时候，他没有资格选择国际贸易学院最好的金融领域，而不得不选了物流专业。

毕业后，麦子回到国内一家金融机构做买家战略，而许添则已经在一家交通物流单位工作了两年，是办公室里的一名普通职员。

许添每天只需要帮领导做做表格，跑腿一些盖章签字的活儿。

对于刚刚毕业的大学生来说，这份工作不是一个很好的选择，因为他的薪水要想在高消费的北京生活下来，就必须省着花。但是呢，这份工作唯一的好处，就是能落下北京户口，这是他妈妈唯一看中的地方，因为这可以让她很骄傲地对其他人说，我儿子毕业留在北京了。

工作两年之后，许添顺利地拿到了户口，但他越发对眼下的工作感到后悔，跟着一个三十岁出头的小领导，每天做的都是没有任何回报和提升的机械工作，忙的时候陪领导出个差，偶尔闲下来，连续几天都没有事干，同事都自称这是一家"养老院"。

就在这种没有能力锻炼、没有晋升空间的状态下，他动了辞职的念头。

在这家公司，如果他想辞职，需要缴纳十万元的违约金。如果留下来工作，工作时间越久，在辞职时需要赔付的钱越少，直到满六年，算是赎身完毕，便可以免责离开了。

许添一直纠结要不要辞职，可是想到工作几年也没存下什么钱，家里妈妈工作不容易，他既不想问家里要钱来支付赔偿金，也不想继续待在这里。

至于感情生活，他和崔晓凡一直断断续续有联系。她找到男朋友之后，他们见过一面，得知崔晓凡过得也不快乐，但一切都晚了。

许添和麦子在毕业后，约定保持一个月见一次面的频率，就像以前高中一样，找个地方吃烧烤，或者在麦当劳要大杯可乐，嚼着冰块吐槽生活、吐槽工作。

虽然留学归来的麦子已经赚了不少钱，但随着成熟，他开始注意收敛自己的锋芒，不再像高中时那样高高在上。出于对身边人自尊心的保护，他也学会了看破不说破，不再口无遮拦。

而许添呢，则还是老样子，普通得还像一个大学生的穿着，和麦子每次聚餐也总是离不开打算辞职和崔晓凡这两个话题。

在麦子看来，许添这样的人，是注定庸碌无为的，人太老实，也太善良，在钢筋水泥的森林里，如果没有十足的欲望，也就没有狩猎的好运气。

№. 05

2017 年，距离他们高中毕业已经过去七年了，这七年里，每个人都或多或少发生了一些变化。麦子的工作顺风顺水，年薪几百万的他开始投资一些独立的个人项目，做起老板。而许添也终于做好了决定，向家里借了一笔钱赔偿公司，离开这个每天都像死水一样的"养老院"。

辞职对于许添来说，是一个新的开始。25 岁的他，站在北京的天桥上，看着霓虹灯下来往的车辆，川流不息却没有一辆肯减速停下，他在心里暗暗告诉自己，这是最后一次由妈妈帮他变更人生轨迹，而这笔钱他也一定会尽快还给她，他要向她证明，自己能过得下去，而且能过得很好。

从这天起,他要开始为自己好好活了。

许添从职工宿舍搬了出来,租了一个小阁楼,十几平方米的开间,没有窗,整日无光。

交完赔偿金后,他入职了一家发展正好的创业公司,投身电子领域,仍然负责供应链这个部分。

他觉得麦子说得对,不逼自己一把,也许永远都是长不大的孩子。

许添经常要去外地出差,一开始坐高铁、坐飞机去不同的城市,对他来说还很新鲜,后来这些出差都变成了家常便饭,他也在一次次和供应商打交道的过程中成长了许多。

麦子听说许添会在与供应商谈判的过程中,收取行业内都心知肚明的"红包"以保证长期合作,他向许添求证,结果着实让自己大吃了一惊。

在他看来,老实的许添应该见到红包就会马上拒绝,以他的性格,根本不可能收别人的好处。

事实上,第一次许添确实没有收,但供应商通常都默认为他不收红包就不给自己办事,所以对后续一些很正常的条件谈判都表现得十分不满意,没过多久,便跑单了。

后来的第二家、第三家供应商,也都纷纷塞了红包。他的再三拒绝被同事钻了空子,一个月下来,自己的业绩十分糟糕。

为了工作,他只能试着改变自己。

"没办法啊,这个行业就是这样,你收了人家红包,还不是要给人家办事,你办了事,拿红包,也很正常,都这样。"他们在经常吃烧烤的小店见面,喝着啤酒,聊着这段时间以来彼此之间的心态变化。

"我领导告诉我,你不拿油水,有的是人拿,你说你较什么劲呢。我都这么大了,该为自己考虑存点钱了。"许添猛地喝了一口啤酒,觉得有些难喝,皱着眉说,"你说我现在,老出去应酬,喝酒就跟喝药似的。一个人过,不容易啊。有了北京户口又怎样?还不是住阁楼。想想以前的日子,真傻,以后啊,就得好好活着。"

喝了酒的许添一下子变得话多起来,而每次都主动开导他的麦子则变得越发安静。他眼前的这个25岁的男孩,仿佛历尽沧桑,他眼角的细纹和没时间剪的头发都在暗示着这个深谙世事的男孩,过着很辛苦的日子。

说实话,麦子不是很能接受这样的许添,两个人越喝越多,直到抱着街边的电线杆狂吐。而在这天之后,因为彼此都渐渐忙碌,他们由每个月见一次面,到后来几个月见一次,最长的一次有整整七个月。

也许是因为许添变了,麦子总觉得见面不再像以前那样简单快乐了,反而有些想说的话说不出口,憋在心里很难受。

麦子自然希望许添过得好,所以那些什么善良啊、老实啊,也只是自己想想,从来没当面说出来过。真正有用的,还是面前的兄弟穿得更像样了，换了一间正儿八经的房子住，也变得更自信，追到喜欢的女孩了。

麦子和许添的工作越来越忙，当然也过得越来越好，不知道从什么时候开始，曾经穿着运动裤、戴个帽子就在烧烤店碰头的他们，开始西装革履、打着发蜡在档次不错的餐厅里感慨往事了。

有一天，许添叫麦子出来的时候，麦子正忙着手头一个案子，没来得及关电脑，拿着外套就匆匆忙忙地出去了。许添在麦子公司楼下的烧烤店，等他来时已经点好了一大盘烤菜。

麦子见状很是不解，放慢脚步，半信半疑地走近："怎么？最近手头紧？怎么有兴趣来我们公司楼下的小店？"

许添笑着拍了拍麦子的肩膀，像以前一样拿他没办法。

麦子笑了笑，坐下来，尽管餐盘里的烤菜有些油腻，但他还是熟练地抽出筷子，捅破塑封的餐具，倒上一杯酒，津津有味地吃了起来。

一顿饭吃到一半，许添小声嘟囔了一句："有个事儿，我最近不知道办得对不对。"

他想征求一下麦子的意见。

麦子抬起眼皮，额头上已经有了抬头纹。两个快三十岁的男人，大长腿使劲缩着，蜷坐在很小的凳子上，围坐在一张不高的小桌子旁吃烧烤。这个场景，既温馨，又搞笑。

"我先前不是一直从江苏一家供应商那里进货吗，他们对我也不错,每次都给返点,但是最近广东那边来了一批新的货商,要吃了这个市场。他们货不错,价格更便宜,给的油水还多,如果我答应把供货商变更,他们还愿意给我五个点干股。"

"然后呢?有什么好苦恼的?"麦子没听明白许添语气里的意思,"对方给的条件不错,肯定答应啊,有什么好犹豫的。"

两人又是一阵沉默。

许添皱眉想了一会儿,才说出心中的顾虑:"这家我熟悉的供应商跟我说家里孩子病了,每年需要花很多钱治病,他们之所以一直给我油水呢,就是不想让我断了合作,按他们说,就靠我们公司拿货过日子了。"

"呃,拍电视吗……那,你怎么做的?"麦子听完,慢慢放下手里的筷子,认真起来。

"我给人打了十万块钱,也算这些年没占他们便宜。"许添犹豫了一下,张开嘴想再说些什么,但又什么都没说,端起酒杯喝了一大口。

"嗯,挺仗义的了。"麦子自顾自地说完,也端起了酒杯,闷下一大口酒,辛辣的酒精迫使他咧嘴吸了一口凉气,放下酒杯的同时忍不住感叹,"没办法,物竞天择。"

关于这个话题,两个人的谈话就到这里,谁也没有再多发表什么意见。

站在旁人的角度,麦子自然希望许添拒绝新货商,这明显就是趁火打劫,毁掉一个家庭,但换作任何一个人,也许都不想跟钱过不去吧，所以他也没有立场去给许添什么建议。

他们都在改变，无所谓变好或变坏，或者是变成自己曾经最讨厌的样子。时间终归会改变一个人，这就是我们与这个世界相处更融洽的技巧，因为有所改变，才会活得稍微舒服，因为有所改变，才能慢慢了解这个世界的游戏规则，并且在游戏中不被淘汰，继续玩下去。

但是，我们只在乎是否能玩下去就可以吗？

还是，在游戏规则之外，另有自己的规则？

麦子不再过问这件事了，但他和许添出来吃饭的时间也一拖再拖。毕业那时约定好的每个月都要见一次，谁爽约谁发红包，开始那两年还会很认真地履行，当他们都可以承担起一个小小的红包的代价后，却发现他们再也不会为爽约这件事感到特别抱歉了，甚至连没空见面的借口都懒得找。

NO. 06

转眼到了年底，许添来麦子家过年，麦子妈做了一大桌子菜，热热闹闹。

麦子妈像平常一样招呼许添，给他夹了很多菜，对待他就像对待自己的儿子,尽量给他家庭的温暖。

"添添,工作怎么样啊?上次听麦子说,工作越来越好,赚得可多了是吗?"

许添憨厚地一笑。

不管在外面多像一个大人,在麦子妈面前,他还是像以前一样,简单、低调、憨厚。

他把刚刚吃进嘴的骨头吐出来,说:"就那样,没以前那么多了,但也够花的。"

麦子听出来不对劲,上次见面时许添告诉他的那件事再次浮现在脑海中,他后来没再问过许添是怎么选的,但听到此时他的回答,他好像明白了什么。

年夜饭吃完,他们俩坐在电视机前等着看春晚。麦子妈还在厨房里忙着擀饺子皮,一定要在零点时再煮顿饺子给孩子们吃。麦子看到许添拿着烟盒和打火机去了阳台,自己也跟了过去。

小城不限烟花爆竹,夜空里时不时会燃放一簇烟火。

"那件事你后来答应了吗?怎么你还没有以前赚得多了?"麦子踟蹰再三,还是问了出来。

许添浅浅地吸了一口香烟,云淡风轻地说:"没答应,还是江苏那家供货,我把返点给他们当成本,从公司把这事儿压下来了。不知道人家孩子真病假病,但天下父母都是好心,就当我孝顺二位老人了。"

不知道为什么，许添说完后，麦子的眼圈突然一红。

许添的妈妈去年生病过世了，他会不会是因为这个才做出了最忠于自己的选择？无从知道。

但他知道，曾经唱片红遍大江南北的歌手去做了演员；铁面无私的小学班长如今学会了拍领导马屁；曾经放学路上那个一言不发好像浑身是刺的小屁孩，见到自己竟然会特别热情地打招呼；最喜欢的那部电视剧里植入了突兀的广告，收视率一降再降……

我们都在为自己人生负责的过程中，做着或多或少的调整，以适应没办法完全接轨的外界生活，可能我们更成功了，并可以笑谈曾经的傻里傻气，也可能我们就这样变成了曾经自己"最讨厌的人"，慢慢跌入深渊的谷底。

很多事情谁也无法把控。

只是我们终归要清楚，人生是一场有始有终的游戏，机械地通关、短暂地玩乐之后，务必要找寻生命的意义，否则将终生孤独。

不管我们为了迎合现实做出怎样的调适，甚至是委曲求全地去生活，但在某些至关重要的时刻，或许我们可以卸下成年人的无奈、伪装、假意和包袱，坦诚地面对自己，像打一个响指一样，做一个遵从自己内心的决定。

不管历经多少辛酸与磨难，都应保有最初的真心。这是我们生而为人的义务，也是不退不换的礼物。

END

CHAPTER 3

时间是片海,

你我皆游人

你要好好的

CHAPTER
3

时间是片海，你我皆游人

099

4

你要好好的

CHAPTER.

直到对的人来

爱情的本质是相互合适，而合适意味着，无论何时何地，你们都会步调一致，牵手同行时谁也不会弄丢彼此。

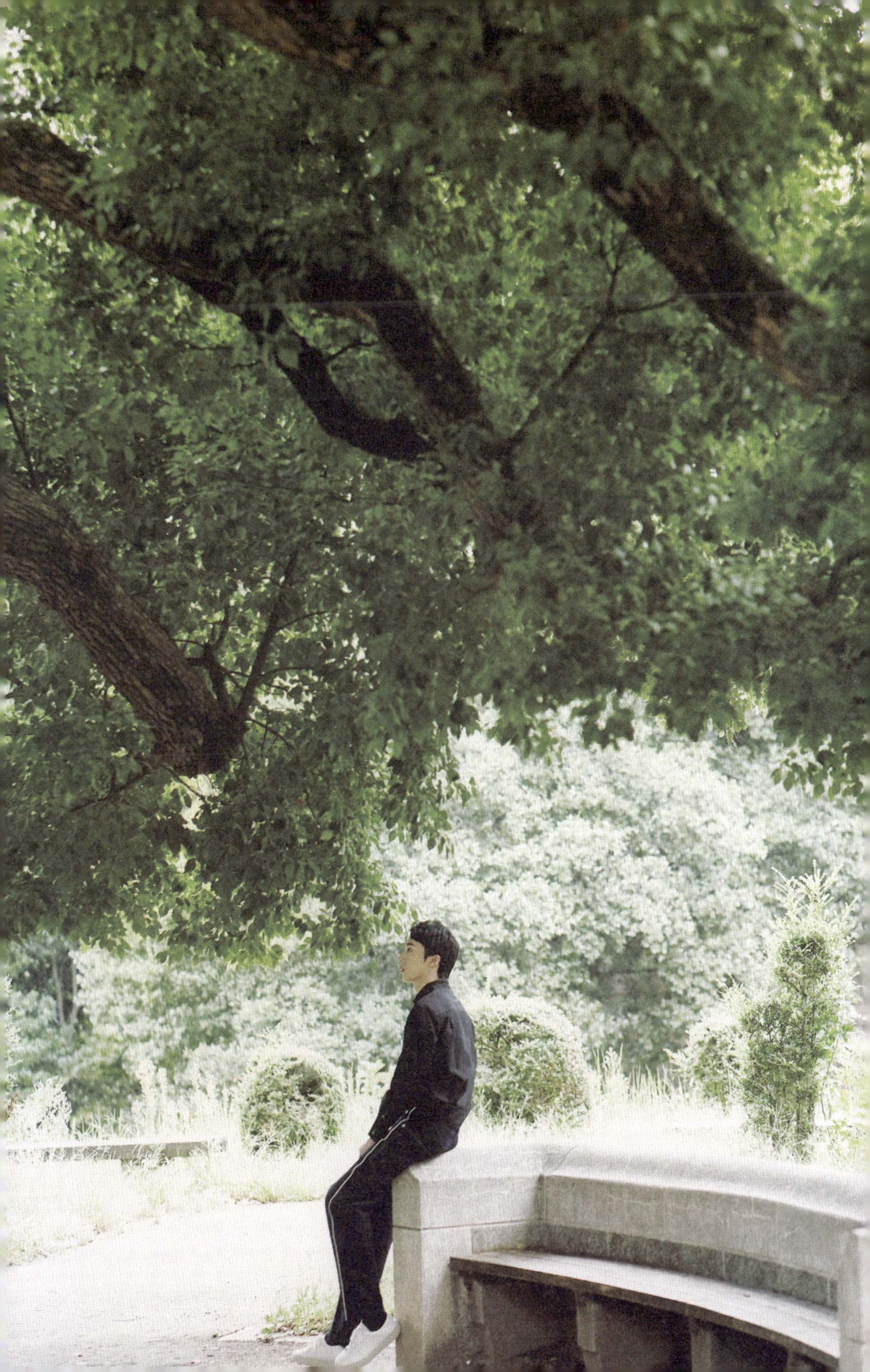

No. 01

"尊敬的各位领导、各位老师、亲爱的同学们,大家好!我是嘉仁一中高一(1)班的同学……"

国旗下代表全体新生发言的这名女生,自信干练,谈吐大方。她穿着一身水蓝色的校服,留着齐肩的短发,身材微微发胖,笑起来的时候嘴角有很甜的梨涡。

她叫章静。

章静最擅长的科目是语文,所以她的演讲稿从来都是思路清晰,逻辑顺畅,语言优美,总能准确地表达不同场合所需要的不同主题,教导主任从来不用多改一个字。

"谢谢大家。"

随着她礼貌地鞠躬道谢,现场响起了热烈的掌声。章静在全校同学的注目下,走回了自己的班级队列。站在队伍最前面的班主任沈老师向她所在的方向看过来,很是骄傲。

不同于外面大千世界的光怪陆离,在这座小城里,一所全封闭式、学风严谨的学校实在是枯燥至极。同学们似乎已经烦透了宿舍—食堂—教学楼三点一线的日子,但好像又没有什么别的选择。

那时候大家还小,见得也少,还不知道自己想要什么,也说不出有什么特别的烦恼,日子就这么一天挨着一天平淡无奇地过着。

在 A 市最好的这所中学，除了成绩一直稳居第一名、担任班长兼学生会主席的章静，还有两个人非常有名。一个是他们历任校长中治学最为严厉的吴校长，也是嘉仁中学历史上第一位女校长。另一个是拥有一张令全校女生为之痴迷的脸，但除了打篮球，没有其他任何优点的赵磊。

章静和赵磊从初中开始就是同班同学，成绩云泥之别的两人因为性格异常互补，相处得还不错。

每次作风强势的章静以班长的口吻"教育"赵磊的时候，赵磊都好脾气地笑笑，不像其他人一样反感章静，反倒轻捏一下章静肉嘟嘟的脸，说："知道了知道了。"

学校的宿舍楼下，有一个简易的烧烤屋，因为外观很小，只刷了一层简单的白漆，所以大家都叫它"小白房"。每到晚上，小白房的老板就会一边烧烤，一边吆喝着他的生意，以此吸引路过的同学。

正处于青春期的女生，多少都会在意自己的外貌。担心太胖了身材走样，或者太瘦了没有身材，章静也不例外。

她属于喝一杯奶茶就会斩钉截铁说自己脸肿了一圈的女生，所以在身材这件事上，她有些自卑，面对美食也一直都很克制。

不过她的舍友怡人则不一样了，高高瘦瘦的她，怎么吃也不胖，看着其他同学都在发育，她却每天都在为自己太瘦、身材不够性感而感到苦恼。

CHAPTER
4

直到对的人来

可是从小白房里传出的味道实在诱人。

每隔三天，宿舍轮到章静和怡人去水房打热水的时候，章静路过烧烤店时的脚步总是缓缓放慢，再试探性地看一眼怡人，在她的怂恿下，反复纠结几秒钟，最后冲怡人露出一个心照不宣的笑容。

两个人已经和老板很熟了，每次去都像是回到自己家吃饭一样，手里的鱿鱼还冒着热气，就又拿起一串热气腾腾的鱼豆腐，一口咬下去，油汁滋到嘴巴上，烫得两人直跺脚。

伴随着"真好吃"的赞叹，远处水房传来了一阵打闹声，章静快速回头，朝着声音的方向看了一眼，一群男生正聚在一起吵吵嚷嚷，眼看就要打起来了。作为学生会主席的章静当然不能坐视不管，顿时正义感上身，立刻小跑了过去。

怡人搞不清楚情况，但知道章静又要多管闲事了，刚下口的鱼豆腐还没吃完，也跟着追了上去。

等她们赶到，赵磊和另一个男生已经扭打在了一起，旁边还有各自的帮手推推搡搡，胡乱挤成一团。

穿过四周看热闹的同学，章静试图跑进人群中拉架，几次尝试挤进去拉开对方，却都被挤了出来。混乱中，章静不知道被谁从身后推了一把，重心不稳地摔在了地上。她下意识以手撑地，却没有注意到地上的石子，手心被划破，渗出血来。

慌乱中，赵磊瞥见章静受伤，当下就急了，抬起头迅速在人群中找到了神色可疑的罪魁祸首，然后抄起地上的水壶径直走向他，朝着那个人的脑袋就砸了过去。还好那人反应快，迅速转身，用背抵挡，顷刻间伴随着身边其他同学的惊呼声，水壶被砸得粉碎，碎片哗啦啦地落在了地上。

同学们看到这一幕都吓坏了，嘈杂的响声渐渐消失，众人陆续安静下来，因为害怕开始不自觉地往后退。

章静顾不上手上的伤，用另一只手撑着地面重新站起来，然后以强势的口吻警告现场所有人："我现在就去找主任，所有打架的，还有看热闹的我都在心里记下了，你们都要被记过，谁也别走！"

这声音尖锐有力，丝毫没受手伤的影响。

也不知道是谁先说了一句："我们也没想看啊，就是来打水的，和我们可没关系，回去睡觉了……"其他围观的人也应和着作鸟兽散，各自拿着水壶匆匆离开了。

只剩下赵磊、怡人，还有那几个被打的同学。

"这是不是白天上体育课欺负你的那个？他刚插我队，正好气没地儿撒。"赵磊走到章静身边，一边喘着粗气，一边指着地上的人说。

豆大的汗珠沿着他的脖子往下流，锁骨上那颗黑色的痣的周围，不知道是被抓的还是因为情绪激动，已经泛起一片通红。

章静没有理会他，反而俯下身去扶倒在地上的同学，一边把人拖拽起来，一边对身边已经看傻的其他人说："还愣着干什么？快，把他架起来，我先带他去医务室！"

赵磊突然觉得很没面子，明明自己是想帮章静出气，结果她却不站在自己这边。于是他快步走到章静面前,挡住了她的去路。

章静几乎没有抬头正眼看他,直接绕过他向医务室的方向走去。地上满是水壶碎屑,每一步都伴着碎裂声,只是没等她走远,她又停下,回头说:"你以为所有事情靠打架就能解决?这是万幸,今天水壶里没热水,如果刚打好的水泼在他身上,你负得起责任吗?什么时候你才能长大?幼稚!"

说完,她果断地转身离开了。

章静走后,只剩下赵磊留在原地迟迟没有离去。一直站在远处的怡人犹豫着上前,小心地从口袋里掏出纸巾递给赵磊,发现他没接,只好自己抽出一张,伸手去擦他脸上的血迹。赵磊这才恍惚地回过神来,因痛"嗞"了一声,然后从她手里抢过纸巾,在伤口处随便抹了一下,轻声说了句"没事儿"。

赵磊说这句话的时候,并没有把多余的目光落在她身上,而是看向了远处章静的背影。她明明没什么力气。偏要逞强扶一个比她重那么多的男生,真是笨蛋。

"我就是知道水壶里没水才拿起来打的啊……我又不傻!"赵磊反应慢半拍,章静都走远了,他才缓过神儿,冲着远处小小的身影嚷了有气无力的一嗓子。

气氛一时有些尴尬,他很不自在地看了一眼旁边的怡人,目光有些躲闪。显然,他刚刚的那句话,又一次露馅了。

夜静如水,那些四散在各处的银白色水壶碎片,在月光的映照下少了些锋芒，多了些温柔。

没过几天，学校的最终处分就下来了，赵磊和几个同学因为聚众滋事，被记大过，留校察看。其余几个被打的同学，也被记了过，严肃反省。

这件事之后，那几个总在体育课上笑话章静体育差的学生，再也没有欺负过她，反而时不时讨好她一下。

而受到处分的赵磊，一如既往地打着自己的篮球，在上课的时候睡觉，应付着出勤率，就连记大过这件对章静来说天大的事情，对他来说也不过如此。

NO. 02

赵磊是典型的北方男孩，一米八几的身高，肌肉适当。他的五官尤其好看，几乎没有缺点，高挺的鼻骨，深邃的眉眼，薄嘴唇，锁骨旁有一颗黑色的痣。走在学校里，几乎所有女生都会忍不住想多看他两眼。

也正因如此，篮球场上总是聚集着来看赵磊打比赛的女生。

每次文科班和理科班进行篮球对抗赛，身在文科班的赵磊总是能以超强的个人优势让球队领先获胜。他跳起来投篮的时候，宽松

你要好好的

的球衣随风掀起，露出小腹明显的肌肉线条，女生们都害羞地用手捂住鼻口。就连中场休息的时候，他大汗淋漓拧瓶盖的小动作都能引来一旁围观的同学尖叫。

而怡人，也在这熙熙攘攘的人群里面。

怡人因为和章静关系好，自然而然也和赵磊多了几次熟络的机会。每次赵磊打球，怡人都会来看，因为这也是少有的章静不会出现在赵磊身边的时刻。

章静早就知道怡人心里怎么想的，所以不但自己不去球场，还会给怡人出谋划策，不过她也提醒过怡人，女生不要太主动去追求一个男生，不然很容易不被珍惜。

但怡人还是忍不住，每次赵磊比赛她都会提前准备好水和纸巾。

怡人家里条件很好，长得也白净纤瘦，虽然学习不算刻苦努力，但成绩也不差。她可能就是同学们眼中过得最舒服的那一类人吧，没有什么生活压力，从小就被宠成公主，她只要一撒娇，不管什么愿望家里都能满足。

不过赵磊对怡人仿佛没什么兴趣，他觉得，这种乖乖女就应该找一个踏踏实实有责任感的男生好好照顾她，显然自己不是这种类型。

赵磊的家庭和怡人截然相反，父母常年在外，对他不管不问，还不如亲戚关心他。有一年，做生意的叔叔想带他去深圳经商，让他提前进入社会学习，他犹豫后还是觉得学校的日子更舒服。所以

CHAPTER
4

直到对的人来

后来叔叔带走了他的堂哥。如今堂哥已经在叔叔的帮助下混得风生水起了,自己还是一副不思进取的样子。

赵磊所有的作业通常都是随便写写,有时候连名字都空着。章静拿他没办法,只能在收作业的时候替他把名字写好,而这名字,竟也凑巧成了整本作业里最好看的两个字。

虽然赵磊平常对成绩不在乎,但每次发作业,他看到自己的名字被工工整整写在姓名栏上的时候,还是挺开心的。

除了写作业敷衍,赵磊对自己的未来也没什么规划,好像在他看来,解决一切烦恼最好的办法就是打篮球和睡觉。

进入高三之后,所有人都开始被紧张的氛围感染而变得更努力,但赵磊依然感受不到丝毫的压力,还是一如往常地随性而来。

就连对章静的感情也是。虽然全校同学都在传他喜欢章静,但他从来不曾越线半步。他甘愿被章静数落,愿意为章静默默做一点小事,此外,他再没有其他表示。就连怡人生日那天,大家在KTV里喝多了,被她逼问起来,他也只字不提。

可能在赵磊心里,学习、感情、未来都是莫大的压力,远不如打打球、睡睡觉来得开心自在。毕竟在赵磊的世界里,任何事都没必要惊慌。

这样的男生,多少还是会让那些对他有所期待的人感到失望的。

"又是刚过及格线,又是坚持不了一星期就放弃,我真的要被你气死了!" 章静从小就是学生干部,比同班同学都更早成熟懂事,因此对赵磊也格外严苛，总是一副管教的样子。

她瞥见赵磊的黑眼圈，凑近盯住他的眼睛："你昨天是不是又逃课打游戏了？"

见他没有反驳，章静深深叹了口气："赵磊，你要我怎么说你才能有所改变呢？我又不会害你，你怎么就这么不听劝呢……"

说到这里，那股无力感又一次涌上心头，她彻底泄了气，干脆转过身不再说什么了。

每当这个时候，赵磊都会撇撇嘴，伸出手轻轻地拍一下章静的脑袋："主席同学、班长大人、尊敬的课代表，我知道啦！"

说完顺势捏捏章静肉嘟嘟的脸颊，不等她恢复精神，自己先笑了。

他嬉皮笑脸的时候，有点痞有点坏，却不惹人生厌。

NO 03

章静喜欢读小说。她喜欢杰罗姆·大卫·塞林格，喜欢村上春树，最近常买马克·李维的书，枕边一直习惯放本睡前读物。她是学校图书馆借书最多的同学，也是学校门口文具店的常客。

有时候身为学霸的章静也会做些不切实际的白日梦，比如幻想着有朝一日自己可以出版小说，然后畅销全球，就连笔名她都想好了。所以每次当她逛书店的时候，闻到从书架上传来的纸墨香气时，章静的嘴角都会不自觉地上扬，露出两个幸福的梨涡，仿佛梦想正在慢慢实现。

那个时候流行文学投稿比赛，胜出者多被出版方当场签约，有机会出版自己的作品。有几位文坛新秀就是借此机会一炮而红，成为畅销书作家的。这对于同样有着作家梦的章静来说，难免受到触动。

在悄悄投了几次稿都没有回复之后，她稍稍收了心。一向自尊心很强的她，也没有把投稿的事告诉任何人。反倒是赵磊，不知道从什么地方得知她在投稿的消息，特地跑来问她："那比赛那么适合你，你怎么不参加了？"

从来对自己的事情都很无所谓的赵磊，对章静的作家发展之路却非常关心。

章静意外："你怎么知道我在投稿？"意识到自己声音有些大，她又立刻压低了嗓子，凑近赵磊，低声说，"不可以告诉别人。"

赵磊习惯性地露出痞笑："我什么都知道。"

章静也不再追问，看他那副吊儿郎当的样子，只是嗔怒地瞪了他一眼，而后重新低下头盯着桌上的杂志。

她用一只手撑着下巴，另一只手百无聊赖地转笔，就这么思忖了一会儿才终于摇摇头，下定决心似的说："算了，不报了，那个比较麻烦，更何况现在学习紧张，也没时间写。"

她轻描淡写地说完，用手指梳理了一下额前有些微微发油的刘海儿。

最近一个月,她很少再去校外买书了,本来齐肩的短发变得更短一些了,就连对赵磊的管教都少了许多,这些无声的行动无不暗示着她对高考有多重视。

赵磊听到她的回答只是抿唇点了点头,转身回到了自己的座位。

他知道以章静的性格,很难说动她。

这天下午,赵磊趁体育课时间又偷偷溜出了校外。不过不同于以往去网吧或者打球,他把学校沿街所有能看到的书店、文具店、报刊亭都逛了一圈,一共买了十几本附有参赛函的杂志,又用一整晚的时间把这些杂志一一拆封,把参赛表填写好,工工整整地叠成一沓,放在了书包最靠里面的位置。

第二天,他把参赛表拿给章静的时候,语文课刚结束。章静看着眼前这厚厚一沓的报名表,觉得有些难以置信。

赵磊把报名表放下,故意拖着长音说:"不——用——谢!"说完对章静眨了一下眼,就深藏功与名地拂袖而去了。

章静想回头对他说些什么,赵磊的身影却已经消失在了门口。

她看着这些参赛表,嘴角微微一笑,不知道为什么,心里像藏着一片泡腾片,有什么不知名的情绪在翻腾着。她小心翼翼地把参赛表收在了课桌里,郑重其事,好像在藏一件珍宝。

如果一个男生愿意为了你的梦想而努力,那么你的梦想,便不仅仅只是梦想,它变得更有重量,仿佛只要你虔诚地相信自己能够实现它，就真的会发生奇迹。

后来，章静把之前写的几篇新文章，以不同的笔名放进了不同的参赛档案袋里，并交给了赵磊，托他拿到校外邮寄出去。

赵磊竖起三根手指答应章静，他会选择晚饭时间去，绝对不再翘课，两人会心一笑。

不知道为什么，如果能为她做些什么事，哪怕这些事轻而易举，他也会感到莫名的开心。

晚饭时间很快就过去了，可是直到晚自习的预备铃声响起，赵磊都没回来。章静紧张地看着窗外，生怕他脑袋一热又闯了什么祸。

这时候，赵磊偷偷地从后门溜了进来，随手团了一张字条扔在了章静的脑袋上。她正皱眉回头寻找恶作剧的源头，结果就看见了那个露着一口白牙朝自己笑的男孩——他满头大汗，湿漉漉的头发贴在他的额头上，就连脖颈也满是汗水。

章静捡起脚边的字条，他的字歪歪斜斜："主席同学、班长大人、尊敬的课代表，怕你文风太一致，他们不仔细看，我去了几个地方分开寄的，你放心吧。"

看到最后章静露出了一个甜甜的笑容。她偷偷抬起眼睛瞥了一眼坐在最前面的老师，然后把皱巴巴的字条捋平，压在了铅笔盒下面，好像不经意间就藏起了一个只有他们两个人才知道的秘密。

大约一个月后，比赛结果公布，章静依然没有入围。

有时候她也很困惑,到底是自己的写作水平不行,还是刚好时运不济,每次想起这些失败的投稿经历,她就会重新思考一次自己的作家梦是否实际,然后就会陷入沮丧的情绪之中。

不过也只是片刻沮丧。章静一向对自己的学习和人生有规划,随着升学压力的到来,她很少出现在阅览室,买的书也多与高考有关。她深知自己终归是一个平凡的女孩,若想奔赴明媚美好的未来,高考是唯一的出路。

章静为高考忙得不可开交,已经很少关心赵磊的情况了,但还是很好奇他大学要去哪儿念书。

赵磊永远都是那副老样子:"不知道,考到哪儿算哪儿吧。"

章静放下手里的笔,抬起头对他正色说:"要不然,你去厦大?那学校可美了,你回去上网搜搜看!"

"或者,你和我……一起考师范大学?别看你现在反感老师,但当你真的成为一名教师,你就明白了什么才是传道授业解惑,这个职业真的很好的……"

她正兴奋地说着,赵磊突然起身拉住了她的手,打断了她,笑嘻嘻地说:"主席同学、班长大人、尊敬的课代表,我知道啦,我会好好考虑的。"

每次赵磊漫不经心的回答都让章静觉得失望,眼前这个相处了快六年的男生,在自己眼中自始至终都没有长进。除了打篮球和玩游戏,赵磊对很多事情都是三分钟热度。说好了要认真学习,才几

CHAPTER
4

节课下来,就坚持不住了;答应她要好好写作业,第二天上交的作业本依然只有短短两三行,就连班主任沈老师都已经快放弃他了,甚至放话说——

"赵磊要是能好好学习,太阳就从我的头顶上出来。"

赵磊每次都只是听听,不反驳,也不生气。他觉得能逗大家一笑,也不是什么坏事,被沈老师称为"厚脸皮"的他,根本没想过要有什么改变。

现在这样,就挺好了。

NO 04

高考前的最后一次摸底考试,赵磊总分189,位列全班倒数第一。

赵磊看到自己的试卷时,也足足吃了一惊,尤其是班主任的政治一科,他只得了二十几分。

沈老师上课讲解试卷时看到赵磊,脸色很不好看,直接点名让他站起来报上分数,并训斥道:"赵磊,你是不是故意给我丢人?你考二十几分还不如不考呢,你回家跟你爸商量商量,不然你留级算了,我不想班里有你这么一个拉低平均分的人。"

赵磊一声不吭地站在那里,没说话。

他以为沈老师正在气头上,骂他两句也就算了,没想到这是沈老师长期以来的集中爆发。

"我跟你说话呢,你不说话是什么意思?你爸怎么教你的,这么没礼貌!"

见赵磊仍低头没反应:"算了,你也别在这里气我了,你不想学就赶紧走人,现在就收拾东西回家。然后,你让你爸来学校一趟吧。"

"我爸肯定不来。"他回答得斩钉截铁,同时头低得更深了,他觉得很丢人。

赵磊每次被老师叫家长,家长都不来,之前也有老师尝试直接和他爸联系,最后他爸干脆连电话都不接了,因为他爸从来都不关心他的学习情况，是个十足的赌徒。

"也是。我真是没见过像你爸这样的家长，怪不得你也不学好。都说穷人的孩子早当家，再看看你，明知道不学习就没有出路还整天混日子，一点本事都没有，就知道闯祸。你自己什么家庭情况不知道？还指望着毕业以后家里给安排工作？就你这样，以后结婚娶老婆也得像你爸一样，老婆跟别人……"

沈老师意识到自己失言，立刻止住了话，但已经晚了。

一直强忍情绪的赵磊听到这里，感觉头皮发麻，大脑里一片混乱。顾不上思考冲动的后果，他一把推开桌子，大步流星地走向讲台，边走边大声吼道："你有完没完？！"

教室里安静得好像静止了一样，其他学生通通缄默无声，爱凑热闹的同学也纷纷屏息。坐在前排的章静仿佛随着两人的争执而在心里咚咚打鼓，几乎在赵磊冲到沈老师面前的一瞬间，她迅速站起来冲向讲台，用身体挡在赵磊和沈老师中间。

"赵磊，你快回去，你跟老师犯什么浑，你回去啊……"她的眼睛里噙着泪水，努力不让它们掉下来。

赵磊见章静哭了，更是急了，他想用双手扒开她，但章静死死地抱在赵磊的胸前，她不断地冲赵磊摇头，示意他不要冲动。

赵磊的眼睛里布满了红血丝，鼻翼因为愤怒而颤抖，有几个和他关系不错的男同学趁机上前拉住他的胳膊。他挣扎了几下之后，慢慢地泄了劲，眼神从沈老师惊惧的脸上落到了地面。

他在章静的哭声中再一次选择了低头，就像每次被父亲打一样，他习惯了忍受。

赵磊默默回到座位，从课桌里拿出自己的书包从后门走了。

"这种学生就该管教，还想打老师，我一会儿就去找吴校长！"沈老师扶了扶鼻梁上的眼镜，故作镇定地给自己尴尬收场。

这一刻，一向让老师省心的乖学生章静终于忍不住了，她的声音不大，但足以让全班同学听清，她说："沈老师，赵磊是有做得不对的地方，但是当着全班同学的面，您刚才说的话也有些过分了。不管怎么样，每个学生的各自成长环境都不同，他的父母或许不够负责任，但那并不是他的错。您的每个学生，都是您的心血，教育是感化，不是逼迫。赵磊不学习、爱惹事，您说归说，但他家里的私事，就交给他自己解决，您想改变他，先要尊重他。"

她的这话，字字铿锵，落地有声。全班同学都不敢相信，一向听话懂事的章静会让沈老师这么没面子。

怡人和几个赵磊的朋友听闻也迅速发表了看法。

"老师，知道您是恨铁不成钢，但是提他家私事就太过分了，今天的事，是您失态在先。"

"是啊，老师，赵磊学习成绩是不好，但人还是不错的。您那么说他，太严重了吧。"

"对啊……"其余几个同学也连声附和。

沈老师冷眼望过去，放下手里的粉笔，愤怒地离开了教室。

当天下午，校长就把章静叫进了办公室，平静地和她谈了两个小时。无非是叮嘱她快高考了，不要分心学习之类的话。

第二天，沈老师被全班抗议的事情在学校传开了，与此同时，校园里还传出了章静被撤掉了学生会主席和班长的消息。其实以往历任学生会主席都是由高二生担任，今年迟迟没有换届，实在是章静把学生会的工作做得太好了，只是沈老师和赵磊的矛盾一出，吴校长慎重考虑后决定还是重新选举学生会主席比较稳妥，这样章静也能有更加充裕的时间复习，高三生的情绪本就敏感，他作为校长应该更关心才对。

章静知道老师是为了她好，但心里多少还是觉得不是滋味。怡人经常开导她，这样也好，少了学生会的事务，她能有更多的时间复习，而赵磊则信誓旦旦地答应她，会好好学习，争取和她考到同一座城市。

但这样的话他已经说过不止一次了，赵磊的每次承诺都像泡沫，美丽易碎，最后通常都是因为他的懒惰而食言。

整天只知道打篮球的赵磊，并没有像电视剧里演的那样，在考试前夕的最后关头走上学渣逆袭之路，而是毫无起色地度过了考前的那段日子，直至高考。

后来，赵磊也开始按时上学，只是他实在无法做到把注意力集中在课本上，就算是老老实实盯着课本坐一下午，他也都是在走神，而晚上他即使和章静约好了好好学习，他也都是左顾右盼，学不进去。

他根本就没有认可学习这件事。

他心里想得很清楚,高考不是唯一的出路。在最关键的考前月,赵磊竟然开始帮叔叔做事,彻彻底底断了安心复习好好考试的念头。

章静终于明白了一个道理,就像你永远无法叫醒一个装睡的人。如果一个男生比你晚成熟,那么在这段关系里,你注定要花费更多的时间,消耗更多的东西,来陪伴他缓慢地成长。

但一个女生能等待的时间毕竟有限,如果他迟迟不肯长大,她也无法再继续陪他走人生的下一程。

No. 05

毕业那年，赵磊只考上了当地的一所专科学校，章静则考到了北京，两个人慢慢地断了联系。

章静考上大学后，一直保持着高中的习惯，除了去图书馆自习、阅读大量书籍外，她还加入了校辩论队，每天在学习和社团中忙得不亦乐乎。偶尔她也会想起赵磊，想他现在过得好不好，毕竟在懵懂的年纪，有一个帅气体贴的男生在意你、关心你、陪伴你，任谁也无法忘记。

赵磊在她去北京后大醉了一场，借着酒劲儿与父亲彻底决裂，然后从家里搬了出来，寄住在叔叔家。

开学后，赵磊加入了大学篮球校队，白天打工，晚上训练，日子过得一如往常般平凡。

再听到关于他的消息时，是怡人来北京找章静。其实一直以来怡人都知道章静喜欢过赵磊，只是没有人主动挑破，所以谁也没有说穿，但三个人之间的关系变得越来越微妙了。

怡人来找章静，是因为有一件事必须当面和她讲清楚。

她和赵磊在一起了。

虽然是在一起了，但她并没有如愿以偿的踏实感，反而觉得很没有底气，哪里都怪怪的。她知道，赵磊心里始终放不下章静，但是赵磊从来不过问章静的生活，也不打听，就连怡人刷朋友圈看到章静的状态，她试探性地自言自语，赵磊也从不搭茬儿。

可是他越是这样冷静，越让怡人感到不安。

怡人挽着赵磊的手臂去逛街的时候，穿着赵磊给她新买的裙子见彼此父母的时候，和赵磊一起吃路边摊的时候，靠在赵磊的肩膀上陪他在网吧、看球的时候，她都觉得没有安全感。

她喜欢赵磊这么久，突然成为他的女朋友，比开心更多的却是不安，她想不通到底是哪里出了问题。明明赵磊对她提出的要求都予以满足，对她做出的决定都配合、让步，对她的选择都默然接受，但她分明能感受到，赵磊对自己不是爱情。

这样看似完美的恋人关系实则脆弱得不堪一击，她每天都要小心翼翼地守护它，随时随地给它盖上一层玻璃罩，才能确保它不被微风轻沙侵袭。偶尔两个人忍不住吵嘴，她都觉得是不是感情已经走到了尽头，赵磊马上就要提分手，日日年年，这种感觉实在太累了。

那一天，章静和怡人挤在宿舍的小床上聊了很久。

NO. 06

日子就这么悄无声息地过去了。

章静就读中文系以后阅读了越来越多的文学作品，同时写作技能也在飞速提高，也渐渐明白了高中时期的文字有多稚嫩。后来再有文学比赛，她总是花很长时间来准备，从人设到故事架构无不精心巧妙，当然，也收获了她应该有的回报。

　　原来年少的梦看似遥远，却也不是可望而不可即的。

　　她还是老样子，微胖，体育不好，只要换季就会生病。曾经幻想能成为璀璨文学之星的她，如今的梦想是成为一名普通的语文老师，业余时间写作，日子充实而美好。

　　只不过陪她完成这个简单梦想的人，不再是那个意气风发的少年，而是孟凡。

　　孟凡比章静小两届，是她的师弟。大一开学时孟凡因为好奇加入了校辩论队，但因为不擅辩论，中途曾想退出，却在一次辩论队聚餐的活动中，注意到了队长章静。

　　那天，他本想借机提退队的事情，只是没等他开口，作为新一任辩论队队长的章静就举起了酒杯和大家慷慨激昂地讲起了自己的故事，孟凡坐在桌旁最不起眼的位置，慢慢地听入了神。

　　站在人群中间的那个女生有着他没有的魄力和气势，他在她身上看到了光，很奇怪，那束光明明不属于自己，却好似也照在了他的身上。

　　孟凡喜欢这个充满自信的女孩，并且鼓起勇气主动展开了追求。

　　赵磊一米八几，帅气、阳光，打篮球时全场会为之尖叫。而孟凡并不比章静高几厘米，甚至还有些微胖。赵磊会为了章静冲昏头脑，做一切他认为喜欢一个人应该做的事。孟凡却异常冷静，在他的世界里，爱一个人，就是要给她想要的安稳生活。

三年前，章静拿到大学录取通知书的那天，想过自己可能一生也无法成为作家，想过自己也许会自此过上平庸的生活，但没想到，有一天，她会和一个与赵磊截然不同的男生谈恋爱。

孟凡的身上有一种男孩子身上少见的沉稳和睿智，他的目标很明确，有自己的想法并会为了心中的目标而努力。他踏实，说过的诺言很快就以实际行动兑现。他耐心，一旦出现分歧总是能安静地听章静诉说她的想法。

面对这样一个优秀的人，她自然选择给对方一个机会，也给自己一个机会。

他们在一起后，偶尔会一起出去吃饭，因为孟凡比章静小两岁，还没有实习工作，而章静已经通过实习赚到了工资，所以很多时候，诸如纪念日、庆祝日，两个人都是 AA 制。

孟凡科研成绩突出，在竞争激烈的物理系，经常拿第一名。按照他的打算，他要去美国读全奖硕士，然后读博。如果章静也想去美国，就把她也接过去；如果她更想留在国内，他也愿意为她回来。等再过几年，稳定下来，两个人会共同建立属于他们的家，在柴米油盐的日子里携手共同成长。

哪个女孩不希望自己的男朋友夺目耀眼呢？

CHAPTER
4

怡人去北京找章静的时候，她们聊到了很多关于赵磊的话题。那几天，章静的脑海里总是会不经意地浮现出赵磊的模样。

他曾是球场上耀眼的灌篮高手，三分投篮全场尖叫；他曾为了她省吃俭用，寒假特地坐火车去上海帮她讨一本喜欢的作者的签名书；夏天时，他穿一身干净的蓝色校服，一边听她讲题一边为她剥葡萄；她也曾有考试失利的时候，只是不管多么糟糕，看到他笑起来世界就不再有风雪。

章静心里很清楚，这些都是很美好的回忆，却不足以证明更多。这个男孩还需要时间成长，而自己并不是那个可以陪他长大的人。

章静和孟凡同大多数校园情侣一样，一起去上课，一起去周边城市旅行，围绕学习有过辩论，关于未来也有过分歧，两个人都有过较为模糊的发展方向，却因为彼此的出现最终明确了一个清晰的方向。

或许是孟凡比章静小两岁的原因，为了能给女朋友更多的安全感，他总是比同龄男孩更努力。

记得一开始两个人还没有正式在一起的时候，章静坦言她很在意男朋友是否成熟，因为她喜欢过一个幼稚的大男孩，所以她不希望男朋友的年龄比自己小。

那时候的孟凡只是认真聆听她的顾虑，然后告诉她："如果你愿意，我们可以试着交往一段时间，或许我可以用行动来证明，我能够给你安稳的爱。"

她答应了,这一"试"就是两年。

孟凡大学毕业前,章静带他回家见了父母,彼时正是端午节,一家人其乐融融地坐在一起吃饭。章静转头和妈妈说话,再低头发现碗里多了一个鸡翅,坐在她面前的孟凡不知道什么时候站了起来,接过爸爸手里的酒瓶,为大家一一斟酒。

明明是第一次见面,爸妈却对孟凡说不出地满意。

她坐在那里静看眼前的一切,只觉得命运宽宏,让她终于遇到了对的人。

№ 07

某年冬天,怡人告诉章静,她和赵磊决定订婚了。

再次听到赵磊的消息时,章静的心里已经没有了起伏。

可是怡人在分享喜讯后的一个星期,再次拨通了章静的电话。

这一次,她失声痛哭。

"我和赵磊分手了。"怡人边哭边说,"我真的觉得太累了,我把全部的爱和耐心都给了他,可是他呢?这么多年,我从来没有得到过他真实的内心回应。"

赵磊和怡人决定订婚,是听从她父母的意思。赵磊默然接受了这个安排，之后连续喝醉了好几天。有一天夜里，他喝得酩酊大醉，在回家的路上和人发生了口角，最后扭打在了一起。

怡人接到医院的电话后赶到市医院支付了他住院的全部费用。看着躺在病床上醉醺醺睡去的赵磊，她忽然想明白了，她的幸福对他来说或许只是遗憾和束缚。

于是等赵磊醒来，她鼓起勇气问："如果我们结婚，你会不会后悔？"

赵磊犹豫了。

章静听她讲完来龙去脉，劝慰她："其实理想中的爱情总归是一种理想，就像那句话，我们都会有长大的一天，牵着别人的手，遗忘他。也许你们本来就不合适，只是需要通过一段时间的验证才能让你下定决心来结束这段痛苦。"

在这个电话的最后，章静以释然的口吻向怡人讲述了她和孟凡的故事。他的优点，还有缺点。

怡人的情绪渐渐稳定，好奇地问："按你这么描述，你这个男朋友不帅，也不算有钱，也不是很理想啊，而且好像和你以前喜欢的类型完全不一样，你怎么会和这样一个男生谈恋爱呢？"

电话那头，章静诚实地说："一开始确实没想过，只是后来相处久了，渐渐发现他愿意理解我的想法，接纳我的缺点，包容我的任性，我忽然不再在意曾经给理想另一半设置的条条框框了，好像那些所谓的要求与条件在他面前都无足轻重。只要是他，就好。当然也有磨合期,也会因细枝末节发生争吵,每次遇到矛盾的时候也会气急说重话。"电话这头,章静的声音依然平稳干练,"我是个急性子,要求高,强迫症,所以我常常无法忍受他偶尔的神经大条。刚在一起的时候,我也怀疑过是不是自己的选择太盲目,我真的要和他一直走下去吗?"

说完这句,她停顿了一下。

"但是你知道吗,每次吵架,如果我故意说难听的话气他,两个人僵持不下的时候,最后他总能站在我的角度,表现出一副自己不应该惹我生气的样子。有一次,我说,这几天你都不要来找我,让我自己冷静一下,你如果找我,我们就分手,结果他就真的没来。"

上一秒还在为自己的感情伤春悲秋的怡人,一下子因这个男孩傻乎乎的行为笑出声来。

章静也笑了:"我想,我都这么冷漠狠心了,他肯定忍受不了。后来过了两个星期,他很冷静地说,有话和我讲。我做好了他会跟我分手的心理准备,表情严肃、神情决绝地站在宿舍楼下,打算把握主动权先说分手。可是他竟然对此毫无察觉,反而因为我终于愿意见他开心得像个孩子。那天,他的手里捧着热豆浆,看到我的时候不自觉加快了脚步,我看到那个单纯的男孩,头发因为刚刚洗过湿漉漉的,他清澈的眼眸告诉我,他竟如此认真地喜欢我、疼爱我、接纳我的所有,那一刻,我的心一下子柔软起来……"

她就那么平淡地讲述着自己的故事,微微笑着,不再多说什么。

这个世界总有一些"沉睡"的人，他们无法理解你的期待，你希望两个人在一起可以修正彼此的缺点，一起把爱情过得圆满，到头来却发现，该说的说了，该给的机会也给了，他依然无动于衷，对你的期待置之不理。

你心灰意冷过，撕心裂肺过，最后伴随时间赐予你的功效，终于放下了，忘记了，却也失去了对爱情的向往和期待。直到你终于完成了蜕变，对的人也在悄无声息中到来，刚刚好的默契，让你沉寂已久的心重新体验了一次跳动的愉悦。

年轻时一心追逐的爱与激情，会在经年累月之后流逝，荷尔蒙和多巴胺只能诱惑你一时，最后你会明白，爱情的本质是相互合适，而合适意味着，无论何时何地，你们都会步调一致，牵手同行时谁也不会弄丢彼此。

CHAPTER 4

直到 对的人来

END

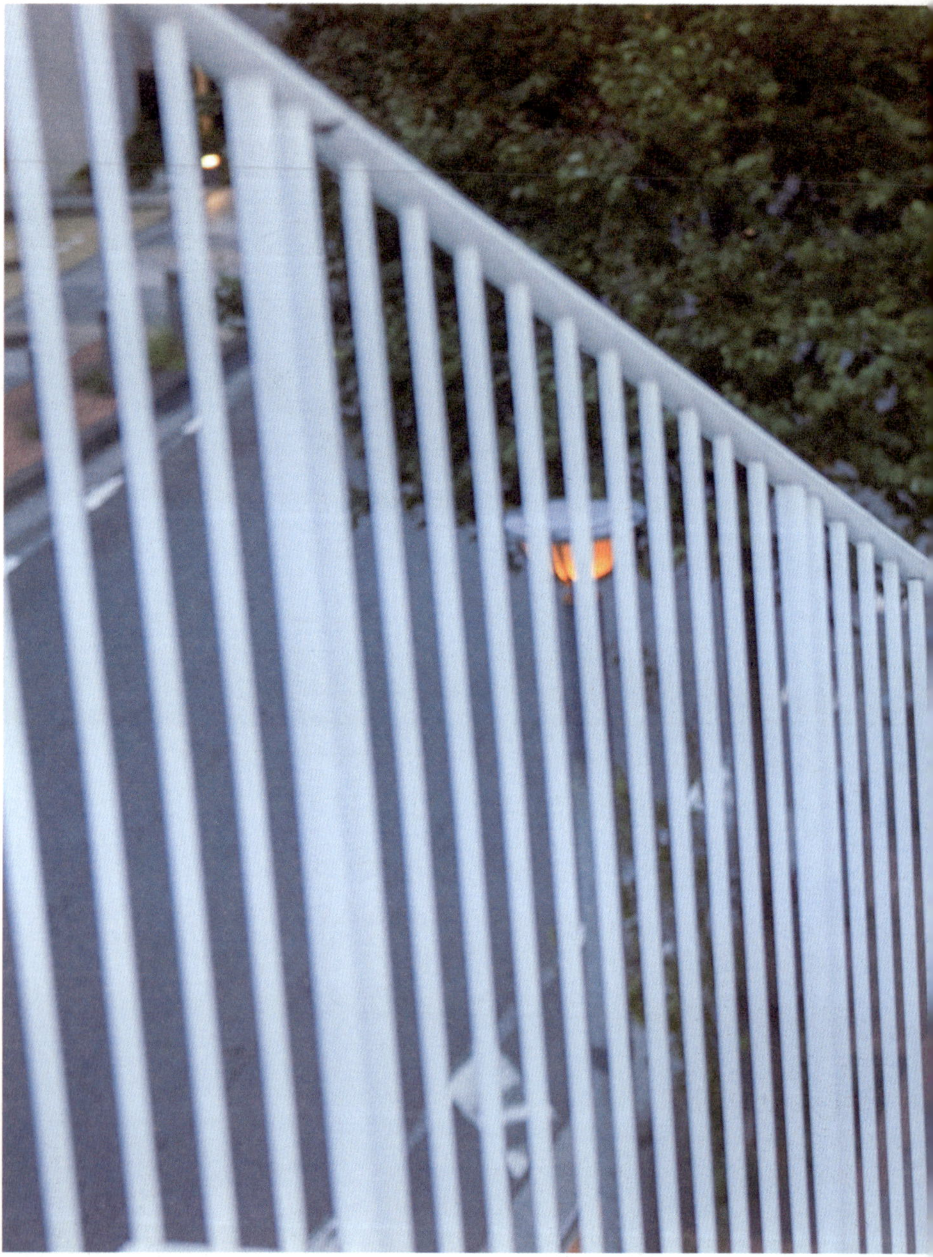

CHAPTER
4

直到对的人来

你要好好的

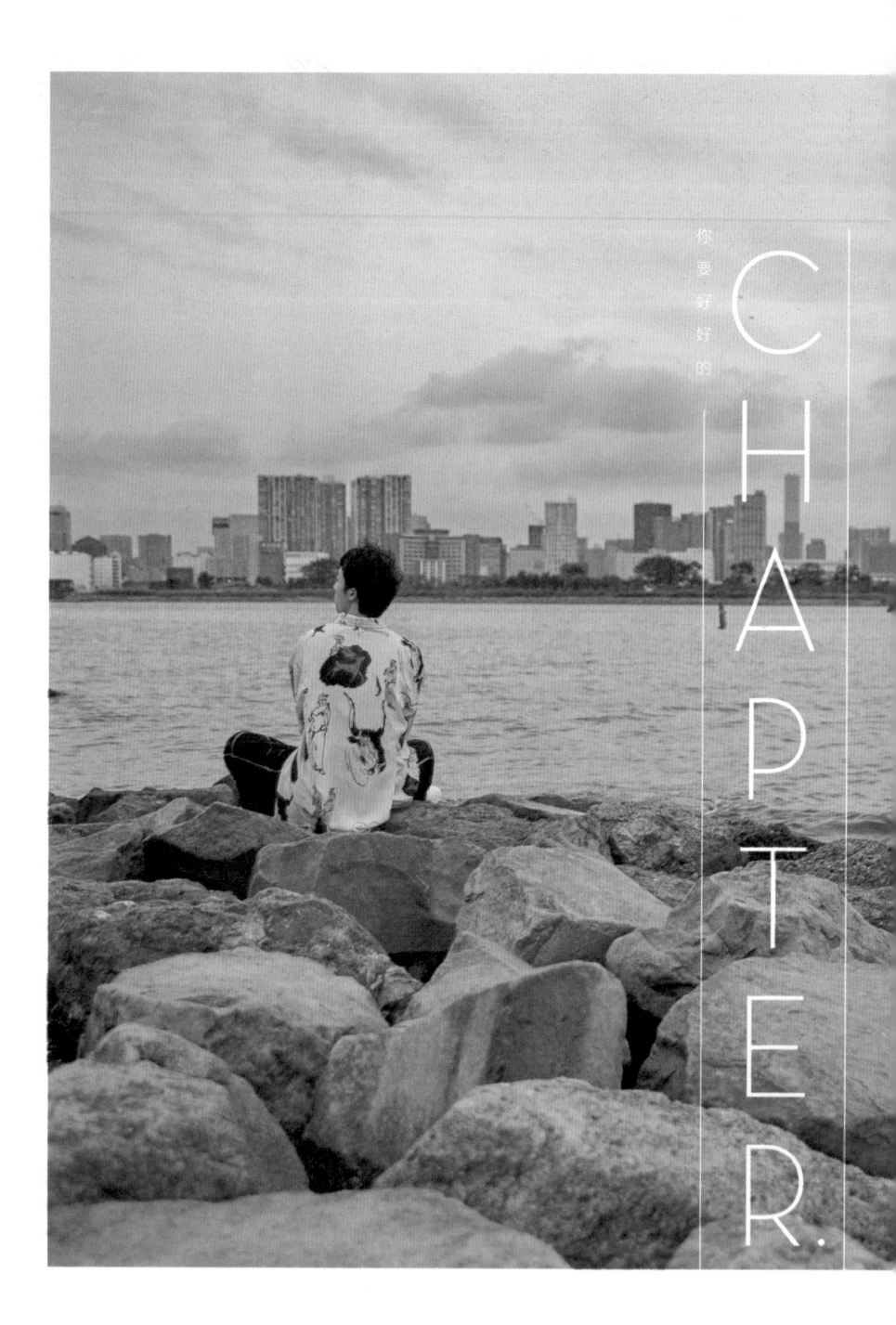

CHAPTER.

5

成全一场
孤独的冒险

P. 136
|
P. 169

你要好好的

漫漫人生,
变数总是突如其来,
我们总说未来还有很长的路要一起走,
却在不知不觉中才发觉,
所谓的来日方长不过是哄骗彼此的借口罢了。

CHAPTER
5

成全一场孤独的冒险

你相信这个世界上，有一颗孤独星球吗？

在这颗星球上，住着一群很特别的人。他们有自己的坚持，不惧怕孤独，不想随波逐流任意过一生。他们宁愿把人生当作一场锦绣华丽的冒险，也绝不过一眼望到头的生活。

当他们成为地球上的一名旅客，发现自己的行为不被大多数人理解，常常会觉得自己与这个社会无法融合，这种孤立无援时的迷茫令他们感到困惑。

虽然每天依然披荆斩棘充满斗志，但也会在疲惫不堪时自我怀疑——这一切，都是我的问题吗？

NO. 01

已经是晚上九点钟了，光华路的街边矗立着灯火通明的写字楼。在这些高耸轩昂的大厦里，那些穿着正装的金融精英，正面对眼前写满数字和英文字母的电脑，时不时地打着哈欠加班，看上去没有丝毫准备休息的意思。

这样的工作强度对肖宁来说，根本不算什么，毕竟从大学开始，她就一直以很高的标准要求自己，早习惯了快节奏的生活，就算是熬几个通宵都不是问题。

只是从前加班，她的药盒里都放着护肝片、叶绿素、葡萄籽、鱼油等一应俱全的保健品，桌旁也一定会备一只精致的杯子，里面泡好药膳水。偶尔她累了，会翻翻身后储物柜上摆满的书，有辛波丝卡的诗集、《纽约时报》推荐的漫画、专业的金融分析书，也有一些冲着名字买回来还没翻过几次的畅销书。

虽然工作辛苦，但日子饶有兴致地过着。

可现在，她戴着一副遮黑眼圈的眼镜，对着电脑不吃不喝，桌子上的药盒早就落了一层灰，水杯也改成了一次性的，而旁边常用的恒温杯杯壁上，已经结了一层白色的垢渍。

在这样的状态下，她一工作起来就是几个小时不挪地儿。

即便是这样，她手上的项目也毫无进展。高速运转的机器在低效中消耗着宝贵的时间，她没办法集中注意力好好思考项目，也不敢在状态差的时候轻易做决定，更没心思更新信息，开展新的工作板块，她只是为了加班而加班，或者说——是为了能晚些回到只有一个人的房子。

几个月前，肖宁失恋了。

你要好好的

CHAPTER
5

成全一场孤独的冒险

No. 02

　　肖宁在中国最好的商科院校念书，高三结束的那个暑假，其他同学都在四处旅行、喝酒、唱K，她已经开始了解大学的教学内容，看一些和专业相关的学术论文了。

　　虽然只能一知半解，但为了能早些制订自己的学业计划和职业规划，她想提前寻找自己感兴趣的方向。在她看来，学生时期的迷茫大多是因为对眼前的选择不够坚定。

　　作为学校里备受瞩目的佼佼者，肖宁向来有着极强的自我管理意识，就连她的朋友圈签名都透露着自我警醒——"人永远跑不过时间"。

　　她的大学室友梅梅是典型用功刻苦型学生，开学后每节课都不会缺席，期末考试前一个月就开始归纳整个学期的学习内容，就连那些颇为无聊的选修课，她都会认真翻出几本参考书研究透彻，直到拿到高分才肯罢休。

　　相比之下，肖宁则随意许多。她认为不是所有的课都有必要一节不落地去上。当然，不去上课的前提是你已经找到了自己真正想做的事，而不是荒废时间，因为一些纯粹娱乐性的事情而翘课，比如吃饭、看电影、约会等，这些在肖宁眼里只是为自己的懒惰懈怠找借口。

肖宁上课的时候几乎不玩手机，而是把全部精力集中在课堂内容上。与梅梅不同，她不会写满密密麻麻的随堂笔记，而是全神贯注地跟随老师的思路进行思考，然后在笔记本上记下存疑的地方，提醒自己下课后搜索资料查看。

　　她对待考试也很泰然自若，经常是花费几个通宵把重点整理出来，而那些不会考到的次重点，她则干脆从复习资料里剔除。

　　结果就是，每次她和梅梅的成绩都不相上下地排在班级前两名。

　　梅梅偶尔会不服气，背地和其他室友吐槽，不明白为什么肖宁明明没有付出什么努力却可以考到很好的成绩，肖宁听说后也不多说什么，全当作不知道。

　　在她眼里，努力是过程中的加分项，但天赋和技巧才是决定结果的先决条件，与其像梅梅这样花时间品评他人，不如想想该怎样超过她。

　　每到考试月肖宁都会"闭关"一段时间，平日去图书馆复习时会关掉手机，切断与外界的联系，正因如此，宿舍里整日不见她的人影，室友偶尔约饭、逛街也联系不到她，长此以往，她便习惯了独来独往的生活。

　　她有时候也会感到孤独，纠结是否需要改变自己，尝试融入集体生活，可是当她晚上回到宿舍，听室友们谈论自己完全不感兴趣的八卦时，她又打消了这个念头，选择继续窝在自己建造的孤独星球里，专注于真正在意的事。

在她眼里，八卦是浪费时间打探别人的生活，聚到一起互相炫耀则是昭然若揭的虚荣心，还有一些未曾真心相待的人，每句话都半遮半掩，没有半分诚意。既然如此，她又何苦为难自己去融入所谓的圈子？

久而久之，早熟的肖宁越来越特立独行。当其他同学还在埋头啃书本、朋友圈晒出去玩的照片时，肖宁已经开始学会化妆，脚踩高跟鞋去北京顶级的金融机构实习了。而一向低调的她，没让任何人知道这件事。

肖宁实习的机构在北京最繁华的商圈，四周聚集着高层，每扇玻璃都一尘不染。每天早上去公司的路上，她会买一杯咖啡，然后精神十足地开始一天的工作。

肖宁不擅表达，虽然直来直去的性格一直是她的领导所看重的，但她一直都不太喜欢参与各种各样的讨论活动。在她看来，沟通成本高昂，与其花费时间努力说服他人同意自己的想法，不如单刀直入地做出成果，用结论说话。

她喜欢默默倾听，只有被领导点到名字时才会字斟句酌，谨慎发表言论，虽然言简意赅，却总是一语中的，瞬间成为全场的焦点。

大学过半，她就在心里明确了未来的发展方向——要做中国最优秀、最年轻的独立投资人。

在她看来，要把时间花在重要的事情上，所以当一些耗时又无趣的事情分配到她身上时，她本能地就想拒绝。

学校一年一度的新生合唱比赛，向来是各个院系最关心的年度活动，因为这是每年开学后的第一个活动，并且在这次比赛中，学校领导会对各院系同学的表现进行打分。这是反映同学精神面貌的一次重要考核，是学校一年一度的大事。

几乎每年秋季学期开始，不等学校的比赛通知下来，各院系就已经提前紧锣密鼓地组织排练了。排练经常被安排在周末同学们没课的时候，也因此占用了大多数人的休闲时间，而且每次排练都会持续很久，慢慢地大家都有些怨言。

北京的秋天到了十月就已经很冷了，如若再下一场雨，凉意则更加沁骨。

天气一冷，有些同学会偷懒谎称生病，翘掉排练。当群体中存在一个人翘掉活动时，其他人自然心里不平衡，于是久而久之，大家排练的热情也慢慢消耗殆尽。

直到有一天，班上有四位同学以相同的理由请假，又有十几名同学先后迟到，所有人足足等了这些晚到的同学一个小时，指导老师勃然大怒。

"你们怎么一点集体荣誉感都没有？今天所有迟到的同学，必须给大家道歉！"冯老师发起脾气来，没有一个人敢说话。

冯老师是学校公认的最严苛的教导员，每年开学第一课，她都会努力记住每个人的名字，并会在日后借大家无意中犯下的小错来一个下马威，以正视听。

CHAPTER
5

冯老师扶了扶眼镜:"我不要求你们表情到位,但你们至少得嘴巴张开吧?有几个后排的同学,我不想说名字,你们来得晚,一唱歌还不张嘴,想蒙混过关是吗?不可能!你们都给我好自为之!"

排练厅前排的同学们纷纷转过头,以复杂的眼光审视着那些经常迟到、没什么存在感又混在后排的同学。

肖宁轻轻皱了一下眉,无奈地叹了口气。她虽然每次都按时到系里排练,但实在有些抗拒这样的集体活动。如果每个人都不遵守纪律和规则,那么参加这项活动的意义又是什么呢?

"应该让对合唱感兴趣的同学参加,或者至少让完全不感兴趣的同学离开,不然这样多影响效率。"她不止一次跟班长讲自己的想法,但一直没有得到认可。

第二遍排练刚开始不到一分钟,老师又喊了停,很明显,她对某些人有些吹毛求疵。

"最后一排中间那三个人,你们给我出去!"冯老师径直走上台,站到人群的最前面,怒气直指那几位不配合的同学,"不想练,就给我走人,别丢班集体的脸!"

站在最前面的班长见状,赶紧回头朝他们使眼色,示意那几个同学快点道歉。

大家都明白,冯老师只是表面上凶,实际上还是很向着自己学生的,她这么做,是想杀一儆百,让其他同学都端正排练态度。

被轰出去的同学乖乖道了歉,到老师办公室等待"喝茶"。

"还有谁不想练？现在就出去，不要耽误我们的时间！"冯老师依然威风凛凛，一副得理不饶人的样子。

肖宁低下头，思考了几秒钟，然后深呼吸，俯身拎起了自己的包，在全系人的注视下，从中间的位置绕到了冯老师的面前。

"冯老师，我是二班的肖宁，因为课余时间需要实习，所以不想参加这项集体活动。之前之所以不迟到、不旷练，是因为遵守纪律，既然您允许不想参加的同学离开，我想向您申请退出合唱比赛。"

同学们一片哗然。

自学校开设合唱比赛以来，所有同学都要百分之百配合。这种比赛是领导们争夺名次的活动，历年传统下来，已经搞得比新年晚会还要重视，现在被肖宁这么一闹，其他同学都慌了神。

说出去的话，泼出去的水，冯老师自然不好阻止。肖宁就这样在全系同学的注视下走出了教室。直到走出教学楼，她的脑海里还浮现着冯老师生气的样子。

很快，她又为自己终于逃掉了不喜欢的训练而长舒了一口气——终于有时间做自己想做的事情了。

有时候她也很奇怪，为什么自己这么棱角分明，好像不受控制一样，就是要按照自己想要的方式生活。她也不是没有想过，柔软一些，顺从一些，也许这样可以得到身边人的喜欢，多交到一些朋友，也不用被冠以古怪的标签。

但她就是这样一个人，想过顺从内心的人生，想只为自己的选

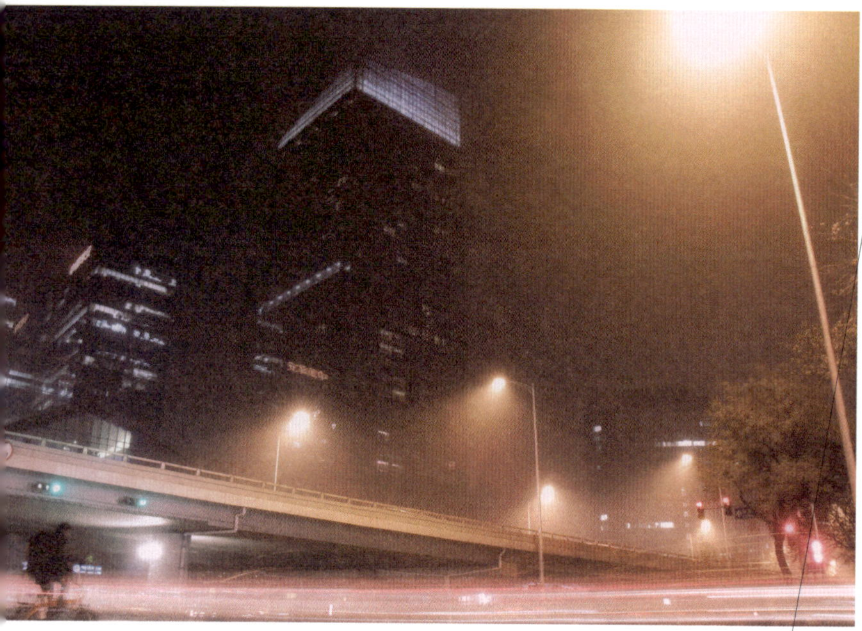

择负责。

与其说她不合群，不如说她生来就要做一个自由的人，这也是她坚持做独立投资人的原因。在她眼里，只要足够强大，足够优秀，眼光够准，就可以投对项目，实现回报。

NO 03

像肖宁这样的女生，一般男生都不敢接近，一是觉得她太有个性，不可爱；二是觉得自己很难驾驭，太有挑战性。不过肖宁一点也不担心，因为她已经和一个各方面条件都不错的男生谈了几年很稳定的恋爱。

魏巍出生在很传统的商人家庭里，家里靠母亲一人经商，攒了不少积蓄。因为母亲平日工作很忙，经常顾不上照顾他，所以对他的态度很简单分明，按照她设定的路线走，不能相差分毫。

在这样家庭背景下长大的魏巍，被他精明能干的母亲保护得很好，也因为对身边人都很大方慷慨，有着不错的人缘，经常被朋友环绕着。

魏巍和肖宁是同班同学，一直沉浸在自己世界里的肖宁，几乎不会主动和魏巍说话，偶尔聊天也都是有问有答，这反倒引起了魏巍的注意。

接触久了,他打心里觉得,肖宁虽然平常表现出一副宠辱不惊的高冷模样,但内心很需要关心和保护,因为同学送她的饮料都被她完整地收在书桌里,不舍得喝掉,自己偶尔给她带包零食,她也会找机会买其他东西回礼——而且并不是以厌烦的态度,而是发自内心地表示感谢和开心。

或许是这些细节打动了魏巍,又或许是他无法抗拒她偶尔展露的笑容,他对肖宁的关心一发不可收拾。大概没有哪个女生能拒绝一个男生无微不至的宠爱,他们在一起后,魏巍对肖宁几乎超过了正常情侣之间男生对女生呵护的范畴。不过也正是因为她独特的个性,让魏巍觉得眼前这个女生令人着迷。

魏巍生长于传统的家庭,有些大男子主义,虽然很多事他都可以毫不犹豫地尊重肖宁的想法,但偶尔还是会有一些自己的坚持。

有一次,两个人去逛街,肖宁买了一杯棉花糖冰激凌,顺手把挎包递给了魏巍。包包毛茸茸的,很可爱,魏巍接过来一时感觉有点尴尬。

"宁宁,我什么都听你的,但拎包这件事,我真做不来。拎女人的包,总感觉很奇怪……"魏巍没底气地说,声音越来越小。

肖宁却像没听到一样,一边吃冰激凌,一边留意两边的商铺,好似完全没听到他的话一样。

"宁宁,我真的不想拎,你自己拎一下呗。"魏巍犹豫了一下,还是追了上去,试图继续说服她。

肖宁终于停了下来,转身目不转睛地盯住他,也没多说什么,只是从他手里把包接了过来,便不再看他,而是走向了一旁的垃圾桶,把还没吃两口的冰激凌丢了进去。

魏巍脸上刚出现的笑容瞬间凝固——

这下糟了。

"哎呀,你别生气,我不是别的,我真的对拎包有点抗拒。"

"要不,你提个要求?我弥补一下。"

"你生气可不好看了哦。"

任凭魏巍怎么软硬兼施,肖宁都面无表情,这是她宣判他错了的方式。

魏巍见状,只能一把搂住肖宁,让她看着自己说句话。

肖宁非常冷静,言简意赅地给出两个选项:"你拎包,或者放手。"说着,伸手把包拿到了魏巍视线以内的地方。

魏巍犹豫了一下,没有回答。

肖宁等了他几秒钟,见他没有反应,尝试挣脱他的束缚。

魏巍无奈之下,只好一边搂着安慰她,一边伸手把包接过来:"唉,真拿你没办法。"

肖宁却躲开了他的动作,把包拿到身后,冷冷道:"晚了,刚才给你机会,你不拎。现在规则改了,你说十句你错了,以后都帮我拎包,不然你就放手。"

CHAPTER
5

成全一场孤独的冒险

这样强势又无理的条件，已经不是第一次了，魏巍瞪大眼睛看着眼前这个女孩，有那么一瞬间感到气愤。可是四目相对，发觉彼此都没有一点退让的意思，他只好习惯性地软弱下来。

"我错了，以后我都帮你拎包……"

"我错了，以后我都帮你拎包……"

……

商场里人头攒动。

十遍结束，肖宁把包递给魏巍，终于露出了笑容，这场矛盾以她大获全胜告终。

她笑着挽住男朋友的胳膊："你看，你拎着我这个兔子包，多反差萌、多可爱啊！"

魏巍低头看身边这个笑得开心的女孩，竟有些动容。从小就被迫披上盔甲的她，也许是在用这种独特的方式和他撒娇。他很难看见她委曲求全的样子，却经常能在他对她言听计从之后，看到她幸福感爆棚的小女生一面。

类似这样的事情数不胜数，但魏巍一直很包容肖宁。在他看来，这个女孩只是性格有些倔，心眼不坏，而且无论从好看的外表、过人的学识，还是让人放心的交友圈看，都是另一半不错的选择。

而自己可以用最热闹、最肆意、最充满可能的青春，完全投入在一个女孩身上，对魏巍来说，是件很幸福的事情。所以他和肖宁这么多年分分合合，其间不管吵得多严重，都没有想过真正离开彼此，也从不敢设想分开后生活会变成什么样子。

魏巍和肖宁很早就从学校搬出来住了，每到实习的日子，肖宁总是特别忙，经常要到晚上九点多才下班，回到家已经十点了。

虽然肖宁很瘦，却是一个十足的吃货，尤其是压力大的时候，经常靠暴饮暴食让自己放松下来。

好在魏巍还没有正式找工作，就帮家里的生意打打下手，所以每当肖宁回家时，桌子上都已经摆好了魏巍提前订好的餐品，有汤、清粥、各式点心，偶尔还会有一些不健康的烧烤，给她宣泄压力。

"饿死啦，快把我的药盒拿来，现在得吃。"肖宁一边擦手，一边指挥着随时候在旁边的男朋友，"哦对了，顺便把里面的葡萄籽和美白丸补满啊，好像没了。"

说完，她才坐下来打开饭盒。

这一桌食物，有她爱吃的，也有魏巍盲点的，因为她太忙，为了不让她为这些琐碎的事情分心，魏巍总是多点一些，让她自己选，剩下的由他来解决。

"哇，这个粥好好喝，以后你不要给我煲了，我们点这家就好。"肖宁边用勺子舀了一勺鱼片粥，边连声夸赞道。

魏巍笑着想，这么看，她也不是不心疼自己嘛。虽然说广东人喜好喝粥，但女朋友对于他不擅长下厨这件事也很理解，只要有折中的方案，她一定不会让他为难。

CHAPTER
5

成全一场孤独的冒险

肖宁不擅表达,她理想中的感情状态,是两个人感受彼此的冷暖,一起看更大的世界,而不是时刻把情话挂在嘴边,却不行动。

休年假的时候,他们一起去新西兰游客稀少的镇子上住了一段时间,喂牛喂羊,躺在农场主的草地上看星星,对着一望无垠的天空承诺要包容对方的缺点;也曾一起去巴黎,在铁塔下拥吻,风吹起女生的发梢,空气里都是男生喜欢的香水味道,夜里有无尽缠绵的浪漫;元旦小长假,他们一起去东京购物,血拼到只剩下回家的钱,于是只能住在奈良的平房民宿里,白天喂麋鹿,晚上依偎在彼此身边规划以后的生活。

一向在生意场上强势的魏妈,在这次出行日本前,给儿子汇了一笔不小的旅行经费,同时也下了最后通牒——今年过年务必把女朋友带回家,早点见家长,尽快安排婚事。

恋爱第三年,关系趋于稳定,接下来就该为结婚做打算,次年生第一个孩子,隔两年再生一个小的,这样两个孩子长大了互相能有个照应。

魏妈的计划非常严格,不容打破。

虽然魏巍口头上答应了,但他心里一点底都没有。恋爱三年,肖宁都没有陪他回家见过家长,更别说这次以结婚为前提的见面了。

对肖宁来说,去了就等同于默认做好结婚的准备,过稳定的生活了。此前她就明确拒绝过,她想得很明白,对于女人来说,职业周期的黄金时间一共就那么几年,如果再让结婚和生育牵制住,那就没得闯了，何况她对家庭生活并没有那么向往。

但这次不同，魏巍知道母亲什么时候都是说一不二的性格，既然已经明确了这次是最后通牒，他也只能硬着头皮，借这次旅行的契机尝试着试探一下肖宁的意思。

"你说，小鹿怎么这么可爱，我们俩以后的孩子也要这样，胖乎乎的。"魏巍明知自己试探的招数拙劣，还是率先开了口。

"是挺可爱的，但你看它们拉了那么多便便，也没人清理，还有没人喂的那几只，抢食都抢不到，多可怜。刚才我就想，之前你说要养狗，我没同意，现在觉得幸好没养，咱俩连自己都照顾不好，就别连累狗了。"肖宁毫不示弱，用最聪明的方式回绝了他。

她对婚姻生活的抗拒，源于原生家庭的影响。肖宁很小的时候，家里很穷，父母常年在外打工，家里根本没人看管她。后来父母又生了一个弟弟，肖宁更加没有什么存在感了，考虑到还要供两个孩子读书，父母干脆就把她过继给了一直没有孩子的舅舅和舅妈，暂住在城里。

后来舅舅赌博坐了牢，舅妈改嫁，带着肖宁组建了新的家庭。由于家庭关系复杂，肖宁一方面要取悦舅妈——她是这个世界上唯一没有抛弃她的人，另一方面又要忍受新家庭对她的嫌弃，尤其是舅妈怀孕后一改往前的态度，对她越发冷漠。

所以她从小就不喜欢家庭生活。家里虽然有五口人，却没有一个人和她有着真正的血缘关系，对比饭桌上的热闹，她更喜欢谎称加班，一个人回到房间里对着电脑发呆。

小时候，舅妈一家筹备家庭旅行，也会顾及她的感受带上她一起出行。但她知道，在他们的心里，她一直都是一个累赘，长大后再遇到类似的事情，她干脆找理由拒绝，等一家人走后，她反倒可以自由自在，想做什么都无人管束。

肖宁的整个成长过程，自卑又胆怯。她不敢在家庭饭桌上站起来夹那道离她最远的菜，也不敢过生日时问舅妈要礼物。她从小就懂事，所以刚和魏巍在一起的时候她很瑟缩。是他的宠爱让她打消了顾虑，像野生藤蔓一样开始自由生长。

魏巍理解她对家庭的抗拒，也很心疼她、体恤她，毕竟她自幼没有感受过家庭的温暖，所谓的"家"给她带来的只有无尽的等待和新旧交替的伤疤，而舅妈改嫁后的变化，让她对亲密关系更感到恐惧。她能放下防备答应和他在一起，已经很不容易了。

所以即使面对父母要求带她回家过年，否则他们俩就必须分手的压力，魏巍也始终坚定地站在肖宁这一边。毕竟这几年的感情不容易，他不希望改变肖宁，而是希望自己的陪伴早晚有一天可以换来肖宁敞开心扉的理解。

他一直期待着肖宁为自己穿上婚纱的那一天，他会用全世界最坚定、最温柔的声音，告诉她，他会守护她一辈子。

可是漫漫人生，变数总是突如其来，我们总说未来还有很长的路要一起走，却在不知不觉中发觉，所谓的来日方长，不过是哄骗

CHAPTER
5

成全一场孤独的冒险

彼此的借口罢了。

NO. 04

　　沈冰是魏巍的发小，也是一个富二代，两个人从小就是同学。
　　沈冰的前男友是通过肖宁介绍认识的，所以四个人会时不时聚个餐，或者一起出去玩，关系相处得很不错。
　　肖宁和沈冰的性格完全不同，她们俩，一个强势，一个软弱；一个自认为聪明优秀，一个自知完全傻白甜。沈冰和男朋友分手的那段时间，肖宁和魏巍的关系也很紧张，由于沈冰的男朋友也是肖宁的朋友，所以沈冰常来她家里吐槽，顺便希望肖宁能带话给他。
　　可能每个女孩都做过这样的傻事吧。借别人的朋友圈来发布自己过得很快乐的状态，以期对方看到，然后回过头来挽回自己，最终只能等来自己的失落。
　　沈冰不管怎么付出，怎么道歉，始终都没有打动前男友，最终只能接受分手的事实。
　　那段日子她无处可去，只能赖在肖宁家里，和她谈心、吐槽、喝酒。
　　来的次数多了，难免也会遇到魏巍。不过肖宁从来没有防备过沈冰，以她的推断，魏巍喜欢自己这么多年，不太可能会对另一种类型的女生感兴趣。更何况，魏巍和她从小就认识，如果真的有好感，早就在一起了，又何必到现在。

可是偏偏在沈冰频频来肖宁家里和她倾诉感情问题的过程中，魏巍看到了沈冰的另一面，这个一向没心没肺的女孩子原来也有脆弱的一面，而且他竟然才知道，沈冰也很喜欢看足球比赛。如果沈冰来的时候肖宁还没回家，或者回家之后肖宁无暇听她那些抱怨委屈，沈冰就会默默打开电视看体育频道，于是魏巍也被比赛吸引，两个人总能围绕最后的结果聊上很久。

暧昧总是可以狡诈地潜藏在我们难以觉察到的地方。肖宁没想到，魏巍和沈冰之间渐渐发生了某种奇妙的化学反应。

沈冰起初也许是为了报复前男友，也许是为了排遣心中的郁闷，不管怎么样，这种地下恋情让她既害怕又欢愉。魏巍也没有想过，这场恋情像吸烟一样会上瘾，这种违反道德的感情竟然让他感到享受和刺激。

一切都以一种不可思议的逻辑在悄然发生着。就这样，一直拖到了年底，魏巍和沈冰一直断断续续保持着暧昧的关系。

其间，魏巍与肖宁发生了一次激烈的争吵，起因不过是肖宁随口说的一句"不想结婚"，越发严重的矛盾让魏巍彻底开始反思这段感情，并在深思熟虑后决定做出最后的选择。

但他还想再给自己和肖宁的感情一次机会，于是提出了过年的时候让肖宁陪他回家的愿望。否则，他们的感情难以维系，只能分手。

CHAPTER
5

成全一场孤独的冒险

肖宁第一次从魏巍嘴里听到"分手"两个字，她很惊讶，更多的是难以相信和失望。虽然在这两个字的前面，还有一个前提——"如果你不跟我回家过年的话"。

向来言听计从的男朋友有了如此笃定的条件，这不像是在说气话，更像是在告诉她，她答题的时间太久，他等不及要抢先收卷了。

她别无选择，只能说"好"。

魏巍也没想到肖宁能这么爽快地答应，带着为难和困惑，他们一起踏上了回家过年的路。

魏妈并不知道沈冰的存在，对她来说，精明能干的肖宁除了不愿意结婚，其他方面都能过关，未来是要做他们魏家的媳妇的。所以无论如何，这次未来婆媳的见面，她都要准备充分。

第一次坐在一起吃饭，魏妈很给面子，和蔼可亲地喊肖宁的名字，说："宁宁，你看你们也不小了，我听巍巍说，你现在工作也很顺利，咱们得考虑结婚的事情了。"没有其他说辞，用最朴素的话题开场，显得天经地义，合乎情理，这是魏妈的策略。

如果这次见面她退让了，那婚后儿子肯定更加被动，作为谈判老手，魏妈对此深信不疑。

肖宁能理解长辈的良苦用心，但也有自己的坚持："阿姨，我觉得我们俩现在挺好的，结婚……我还没有准备好，您得给我点时间，让我和魏巍商量商量，毕竟这也是我们两个人的事。"

"怎么能是你们两个人的事情呢？你们结婚，可是我们全家的大事哟。而且,你还要给我们生个大胖小子,快点传宗接代呢。"魏妈说完,慈眉善目地笑了。

虽然表面笑着,一副深明大义的样子,实际上却给了魏巍一个狠眼色,示意他不要插嘴。

"阿姨,我觉得还是给我们点时间商量一下吧,而且有件事可能也要提前跟您说一下,结婚可以,但我暂时不是很想要小孩。"肖宁见气氛有些尴尬,便后退了一步,给出了结婚的空间,但她不想随便答应生孩子的事情,所以直接在魏妈面前坦白了想法。

因为这件事,她完全没有将其列入自己的人生清单。

"那怎么行,你嫁到我们家,自然要给我们家生孩子,你不要跟我说你不喜欢。你不喜欢,我喜欢。"魏妈的表情有些严肃,不怒自威,一旁的魏爸和来撑场面的亲戚听完都不敢插话了。

肖宁和颜道:"阿姨,孩子不是产品,我也不是。我嫁给魏巍不是要给谁家生孩子,而是因为我爱他。我投产品久了,都不敢在亲情上有这种思维,您也别误会。"

肖宁笑着打趣,心里却泛起一阵恶心。对她来说,她的父母在很小的时候就抛弃了自己,她跟着舅舅舅妈长大,丝毫没有体会过父母的意义,所以父母这个身份,永远是未解锁的一个心结,是本能抗拒的一份困扰,她不想轻易许诺。

况且魏巍的妈妈非但不理解,还总是摆出一副强势霸道、喜欢摆布别人人生的样子,这和当初抛弃自己的父母一样自私冷酷,这

CHAPTER
5

成全一场孤独的冒险

样的亲情关系，她宁可不要。

"你说的这是什么话，什么产品不产品，你嫁男人生孩子，这不是女人应该做的事情吗？你出去问问，你这么老大不小了，不结婚不要孩子，谁不笑话你，真的可笑了你……"魏妈完全卸掉了伪装，露出了令人厌烦的嘴脸，她脸上精致的妆容在这一刻更像是一副面具。

"阿姨，咱们不讨论了，吃饭吧。"肖宁敏感地觉察到了气氛的尴尬，赶紧转移了话题。时间好像回到了几年前新生大合唱排练，她从老师面前走开时的情景。在魏家十几口亲戚的注目下，她公然违抗了魏妈妈的意愿，吃完面前餐碟里的东西，起身走回了房间。

结果自然不欢而散。

还没等到魏妈再找到机会说什么，午饭后肖宁就收拾好了行李，和大家道别离开了。

面对传统的婚恋观、家庭观的压力，大多数女孩都会选择妥协。还没做好心理准备就仓促地怀了孩子，糊里糊涂地放弃了自己的事业，牺牲了自己的爱好，成为一名新手母亲。

肖宁不想要这样的人生。

在她看来，为结婚退让，不只会牺牲自己的自由，影响未来的工作，消耗本就短暂的青春，更会失去自我的价值，丢掉独立的资本，而这些失去背后，是整个人生走向和轨迹的改变。

你想怎么过一辈子，你要怎么过一辈子，是比恋爱、结婚、生子更重要的大事，在自己没有彻底想明白之前，做出任何决定，都有可能会让自己后悔。

也许是盘算得太清楚，也许是从小滋长的对家庭生活的反感和不信任，也许是对过于强势的魏妈的抗拒，肖宁选择了离开。而这次的不顺从，也换来了魏巍的绝望和坚定的分手态度。

更令人难过的是，他坦白了这段时间和沈冰在一起的事实，也坦白了他和肖宁在一起时的无望。

肖宁表面上佯装镇定，假装无所谓地原谅了他们，但每当夜深人静烈酒入喉时，她都撕心裂肺地难过。

魏巍是她在这个世界上最信任的人，是比家人还亲密的人，是她用全部生活拼凑出来的意义。他曾经那么宽容、那么温柔，如今却像被现实打败的逃兵，因为一点诱惑，因为家里的压力，就和当初的父母一样，选择抛弃自己。

她发现在这场爱情中，她一直活得自我又孤独，渴望世界上一切事物都能如自己所愿，却发现很多东西都是无力改变的。她以为人生必不可少一些坚持，她以为有些不合理的规则就该被打破，到头来她才发现，撞了墙受了伤的人是自己，不被理解的人也是自己。

她好像在人生的路口迷了路。

魏巍从家里搬出去的那天，她就把他的微信拉黑了，从此再也没有联系过。只是偶然听别人说起，他和沈冰在一起过得也不是很快乐。可能两个人都背负着当初欺骗她的负罪感，也可能魏巍根本

CHAPTER
5

成全一场孤独的冒险

就不爱沈冰，从一开始他和沈冰在一起就是为了以此获得肖宁更多的关心和注意。可是有些事一旦选择了就没有回头路，所谓覆水难收。

在家人的催促下，魏巍和沈冰很快就订了婚，开始筹备起婚事。

婚礼当天，她看到朋友圈里有她和魏巍的共同好友晒出了他的结婚照并祝福他百年好合。肖宁看着照片里那个再熟悉不过的陌生人，不胜酒力，只觉得眼神迷离，连走路都会跌撞。

他穿着喜庆的红色礼服，嘴角带着她无法解读的笑容。不知道在婚礼现场，他宣读誓词的瞬间，可曾真的感觉幸福。

NO. 05

分手后的日子对肖宁来说，并不好过。

每次点外卖，要么总是剩下一桌子菜，要么就是怎么也点不到自己喜欢吃的口味；去奶茶店买新品，喝第一口觉得难喝，下意识想把奶茶给旁边的人时，才发现魏巍已经不在自己身边了，这一杯只能扔掉；和同事出去旅行，再也没有人会在前一晚帮她把洗漱包、化妆包提前装好，也再也没有人等她回家，帮她洗衣服了。

再无岁月可回首。

她喝过几次酒，但很奇怪，总是喝不醉，反倒每次都很清醒，甚至都能清醒地想起很久以前的事，大学生活、期末考试、合唱比赛，还有和魏巍在一起的那几年……

想着想着，忍不住泪流满面。

NO. 06

三个月后，她升了职，薪水也有了提升。她向公司申请了休假，独自去了西班牙。

旅途中，她更换了那条用了很多年的朋友圈签名。

她说："孤独星球上，住着一群很特别的人，他们很倔强，但一定会幸福。"

END

你要好好的

CHAPTER 5

成全一场孤独的冒险

你要好好的

CHAPTER.

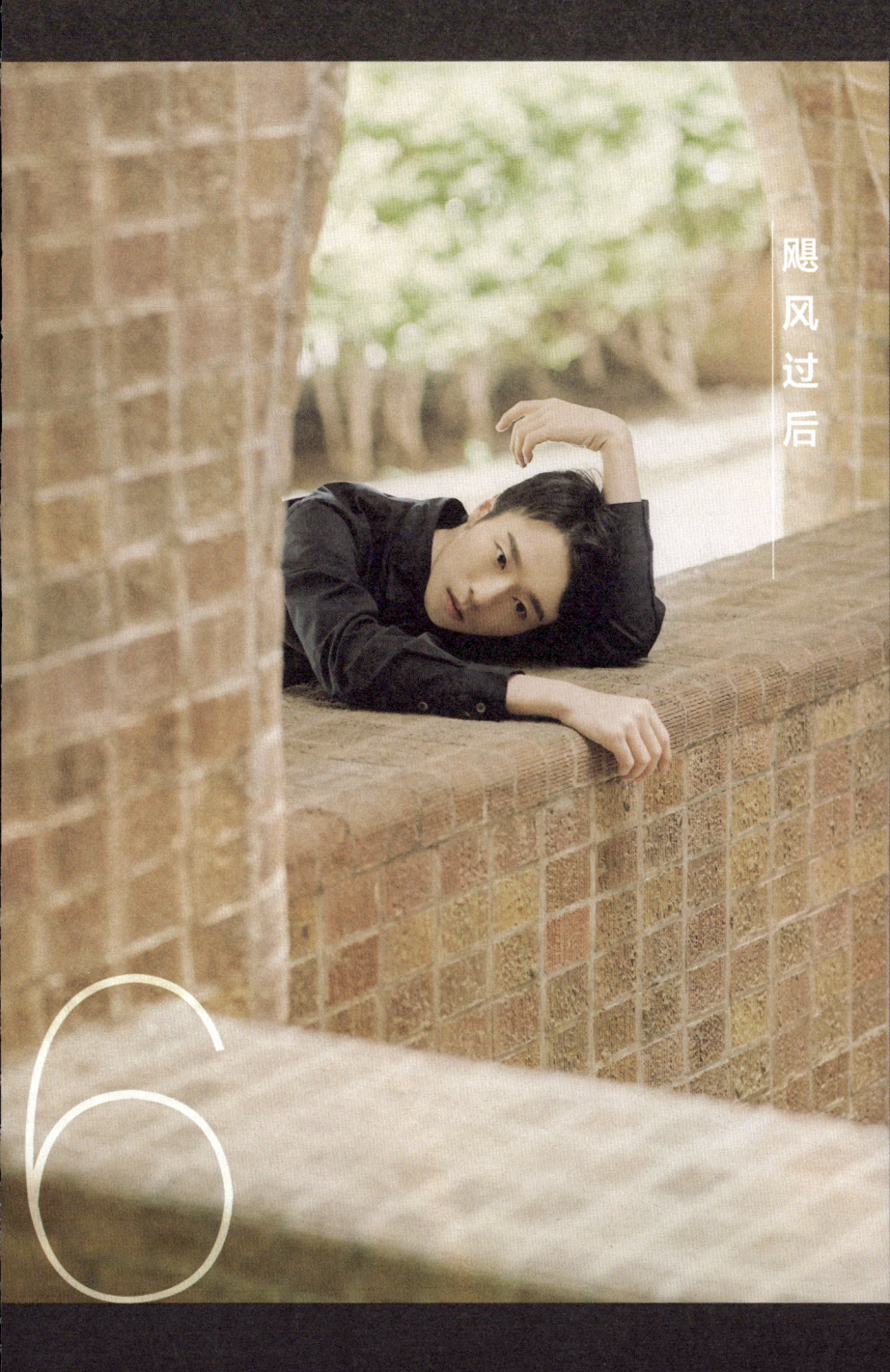

飓风过后

6

P. 170
｜
P. 197

没有谁的人生总是一帆风顺，那些表面的风光，背后多的是别人不知道的辛酸与泪水，只是有些人从来不说，我们才错以为他走到今天很容易。

Chapter 6

飓风过后

№01

许嘉和我是小学同学，兼初中和高中同学。大学她在我的邻校读书，两校只隔了一条街。

我对许嘉的印象很深，上小学时，她刚转到班里的时候，戴着一副厚厚的蓝框眼镜，眼镜腿上系了一根红色的绳子，一直绕到脖颈后面，看起来很好笑。加之她又是初来乍到的转校生，所以班上很多男生都会欺负她，故意调侃她是"四眼妹"。

许嘉的学习成绩很好，转学后不久就被老师任命为新的学习委员，于是那些欺负她的男生，在她收作业的时候就不好过了。

许嘉并不像班上多数女生一样隐忍好说话，她总是直来直去，从来不会讨好谁。她会记下每个不交作业的同学的名字，客观公允地向老师递交名单。因此平常浑水摸鱼不写作业的同学通常都逃不掉老师的责罚。有人在背后骂许嘉"狗腿"，不给同学留情面。许嘉知道后，直接怼了回去："我给你们留情面，你们倒是自觉点写作业啊。"

就这样，许嘉一路得罪了很多人，自然也没少吃苦头。

我记得很清楚，有一次老师让写一篇关于前几天公开课的学习心得。她并没有正式布置，也就没有安排许嘉收作业，只是在课堂上随机点到几位同学念念自己的写作心得而已。

偏偏许嘉忘记了这项作业，被老师点名站起来的时候，她只能支支吾吾地低着头，一时也说不出什么话来。

本来这件事并不大，老师也不打算追究，可是那几个常常不交作业的男同学见状，立刻有了耍威风的资本，一个个直起腰板，目不转睛地盯着许嘉座位的方向，想看她怎么给自己收场。

许嘉很诚实："赵老师，我没听见您留这项作业，所以没有写。"

话音未落，几乎半个班的同学开始起哄，那几个男生更是要求老师一视同仁地惩罚学习委员许嘉，以示公正。

许嘉并不是故意不完成作业的，而是确实没听见，她有些委屈，期望赵老师看在她诚恳的分儿上，对她网开一面。

她在大家此起彼伏的起哄声中，怯怯地抬起头望了一眼最喜欢她的老师——

"赵老师，我平常帮您教育了那么多不认真学习的同学，我是什么样的学生，您肯定清楚，您可千万不要在这个时候，偏向他们而责罚我啊。您……应该不会这样做的，对吧？"

许嘉在心里默默打鼓。

赵老师严肃地拍了拍讲桌让大家安静下来："行了行了，都安静！"说完看了一眼脸颊通红的许嘉，柔声说，"你把昨天的作业补上，再写一份检查给我吧。"

最后，赵老师为了显示公平，还是责罚了她。

许嘉听到这句话的时候，瞬间眼泪就在眼眶里打转了。她甚至没抬头，只小声落寞地说了句"好"。

"耶！"那几个看许嘉笑话的男生大获全胜，带头拍着课桌，兴高采烈地看许嘉丢脸。

起哄声越来越刺耳，一瞬间，许嘉觉得无地自容。

她侧过脸，瞪圆了眼睛盯着那些此刻正得意的人，然后又抬起眼皮，看着左右为难的赵老师。

她委屈极了，却绝不哭出声音来，温热的泪水顺着高挺的鼻翼缓慢地滑落，她顿了一下，然后"扑通"一声坐下，用校服袖子快速地抹了抹脸上的眼泪，像满不在乎似的，使劲捋了捋打开的课本。

那时候，身为同桌的我很想安慰她，可是话还没说出口，她已经脊梁笔挺地重新坐直了身体，虽然眼睛通红，脸上却已没有了泪痕。

真实、坚强、自我，那是我对她最初的印象。

NO. 02

升入高中，许嘉留长了头发，性格也比从前平和了许多，她不再追着欺负她的男生不依不饶地还手了，也放弃了学了几年的跆拳道，不变的只是她永远引以为傲的我行我素。

转眼，高考临近。从前再不喜欢学习的捣蛋分子也开始按时上早自习，实验班里的每个人都一副心事重重的样子，课间时间走廊里安静无声，晚自习后教室里仍然有灯长亮。

唯独许嘉，她经常为了多睡一会儿而迟到，就算时间来得及，她也会绕路去她喜欢的那家早餐店买早饭。每天第一节课前打铃的一两分钟，所有人都在安安静静地做题或者背书，她猫着腰悄悄从后门溜进来，有时候刚好和来班级巡查的班主任对视一眼，她只好吐吐舌头表示抱歉。

更甚的是，我听说就连模拟考试她都睡过头，这么"轻松"的备考状态，让我都忍不住为她捏了一把冷汗。

高考结束那天，当同学们回到教室拍照留念时，都一副没考好的样子，只有她信誓旦旦地说，考得还不错，应该没什么问题。

那时候班里的"好学生"都很保守，生怕成绩出来打脸，所以估分都会少说一些。她却不一样，恨不得告诉每个人她考得还不错。就是凭借这么自信的态度，好像很多原本和她不相关的光都被她吸引过来，照在了她的身上。

高考成绩出来后，她果然遥遥领先，考入了清华。

可是她并没有做一个典型的学霸，而是边修艺术理论课程，边追起了自己的偶像。虽然我总说她把家里给的零花钱都用在买专辑、飞韩国看演唱会这些事上看起来很疯狂，但我不得不承认，这个女生是有自己的怪力磁场的。

她根本不考虑父母心中那些"踏实稳定"的工作，反而去了一

家全球知名的时尚杂志社实习。所有人都以为她只是随便玩玩，没想到实习后她认真到不行，巧合的是，她负责做的第一个项目请来的嘉宾就是她的偶像。

虽然那时候她才大二，但工作起来丝毫不输给那些带她的前辈。当她的名字和她最喜爱的偶像的名字同时出现在片尾时，她骄傲地截图发给我，得意地说："怎么样，姐的命还可以吧。"

那两年，她满世界飞，追着看偶像的演唱会，偶尔在朋友圈里

发一组看展的九宫格，假期还报了舞蹈班，申请了一个去贵州支教的学期项目。我常在心里想，她大概是没想认真读书的吧？

谁知道，就在这些看似放肆快乐的时日里，她渐渐确定了自己喜欢的专业领域，琢磨清楚了未来的自己要成为一个什么样的人。当申请季来临，她认真准备了半年时间，考了托福，又把前几年的生活都充实到自己的履历上，申请了纽约一所全球排名第二的艺术学校。

CHAPTER
6

飓风过后

No. 03

　　没有谁的人生总是一帆风顺，那些表面的风光，背后多的是别人不知道的辛酸与泪水，只是有些人从来不说，我们才错以为他走到今天很容易。

　　刚到美国留学的那段时间，许嘉完全不适应。从生活了二十几年的母语国家突然转换到一个完全陌生的世界，许嘉举目茫然。

　　她的托福是在考试前半年准备的，实力最多可以应对考试，真正用全英文和当地人交流对她来说还很有难度。在非母语的教学环境中，加之她选修的艺术理论专业有很多专业词汇和文化历史，她只有拼命学习，才能跟得上授课的内容。

　　大多数情况下，她只能听明白60%的内容，教授只要讲起理论背后的历史，她就完全听不懂了，课后的小组讨论更是插不上话，那种无力感让她一度感到很恐惧。

　　从前的优势不再，自信心也在一点点泯灭，她忽然发现自己不再是备受瞩目的那一个，往日被称为"学霸"的她突然毫无存在感，这种落差令她消沉了很长时间。

　　许嘉曾试图通过融入当地同学的圈子来改变这一现状，偶尔也会打扮得很欧美风去参加一些聚会或者约本土的同学逛街吃饭，但她发现，尽管如此，除了收获一些善意的问候和一些不那么友好的调侃外,自己和当地人几乎再也找不到交集。因为缺乏归属感,她一度陷入困惑和迷茫。

那种绝望是明明你伸出了全部的触角,想要努力触及一个看似离自己并不遥远的东西,却发现那个跨度看似咫尺,其实万丈。

她在美国学习的那段时间,我们有时候会语音聊天。她跟我吐槽她糟糕的生活,我和她分享我就业的压力,丧起来一发不可收拾。还记得有一次,她说她在地铁里不小心蹭到了身边人的背包,被对方用一口听不懂的英文呵斥。她努力解释,对方却置若罔闻,一连说出好几个粗鲁的词,她想还口,都不知道该如何措辞,像个哑巴一样张着嘴一脸讶异。

她努力开导自己,所有新生活都像竹子拔节和新苗破土一样,要经历一个缓慢的过程才能收获新的希望。她除了把所有精力都放在学习上,其他能做的只有等待。

朋友圈里的她光鲜靓丽,每天看起来都充实有趣,每张自拍的笑容都阳光笃定,但只有我知道,她经常在深夜里学习,时间表密密麻麻,天不亮就出发去图书馆自习。所有看似不费力的光芒人生,都藏着不为人知的汗水与孤独。

CHAPTER
6

飓风过后

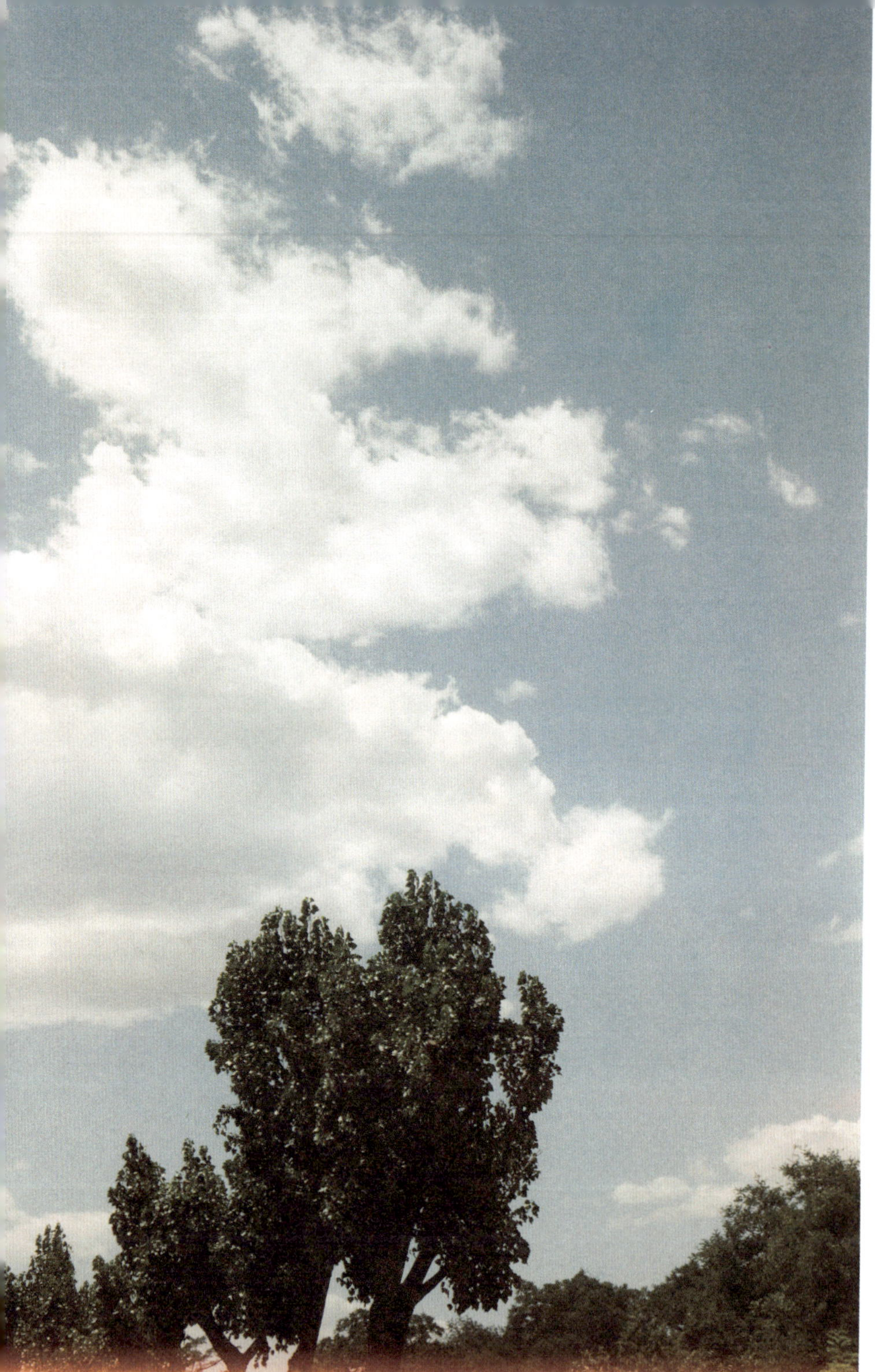

№ 04

　　毕业季临近，为了拿到工作签证，留学生需要在毕业前的最后一个学期找到能与自己签订合约的单位，这对国际生来说，是一个不小的难题。

　　许嘉刚来美国时，热衷于尝遍大街小巷的异国美食，如今每天下课只想快点回家买菜做饭。以前她走在街上，会在街头艺人吹奏乐器时驻足停下，而现在她总是步履匆匆，回家第一件事就是打开电脑查看是否有邀请她面试的邮件。她降低了购物频率，开始效仿妈妈的样子给衣服缝扣子，卧室门旁挂着的日历提醒她中秋节、国庆节、元旦就要来了。

　　纽约带给她的新鲜感和阻力在一点点消弭，随之而来的是紧张的工作申请和平淡生活中柴米油盐带给她的倦怠感。

　　连续两个多星期没有收到面试邮件，许嘉开始无心他顾，甚至自我怀疑——是不是之前的努力方向错了？还是看似有用的付出并没有想象中那么有意义？又或者只是时运不济？

　　这种状态持续了一个星期，许嘉决定给自己放个假，约上大学同学出去散散心。

　　同行的女生不会开车，许嘉也是半年前才考到的驾照，于是一路上都很小心谨慎。虽然旅程的开始不是很顺利，在红灯和拐弯处许嘉都显得手忙脚乱，后来慢慢步入正轨，车子随着地图导航一路向南驶去。

快到华盛顿的时候，许嘉因为一路都处于紧张驾驶状态，有些疲惫，副驾驶的同学为了不让许嘉犯困，只好不停地和她说话，难免有些让她分散注意力。

驶向市区的主路有很多岔口，许嘉的车技不算成熟，向左侧变道时，没看见身后临时有人超车，不小心剐蹭到了对方的车，还好她很快反应过来，猛打方向盘，在过程中还是撞到了前方的隔离带上。

虽然车速不快，但还是撞坏了驾驶位的车门，车灯也在一阵刺耳的摩擦声中脱落，撒了一地碎玻璃。

还好人无大碍。

等到警察来时，许嘉才发现自己正在遭遇怎样的窘境。临时变道的司机在等待警察的过程中随便找了一个假证人，指控是许嘉驾车失责，并质疑她开的车是不合法的，企图逃脱制裁。

许嘉拼命解释那位证人并没有在现场，可警察最后还是判定是她的全责。她只能自认倒霉。

办完手续之后，许嘉再没有心情继续游玩，只在华盛顿住了一晚，就和朋友坐大巴回到了纽约。之后为了少赔点钱，她只好和保险公司、租车公司交涉，等事情终于解决，已经是一个月之后的事了。

虽然许嘉天生一副什么都不怕的样子，但这次车祸对她来说，却是个不小的打击。当身处异地，没有中国社会的人情和秩序，一切只能靠自己的时候，她感到前所未有的无助。那个时候，她就希望父母能在身边和她一起面对和解决这些琐碎的烦恼，事实上，她只能伪装坚强地和父母说自己还在华盛顿，一切都好。

05

或许每个人的一生总要经历几次灰色时段，如果你能熬过去就能走上新的阶梯，看到新的风景，否则便会被负能量打败，成为命运的傀儡，在磨难面前缴械投降。

许嘉是在接到面试失败的通知电话时看到她的前男友的，当时她在时代广场的一家小玩偶店闲逛，接到同校学姐的这份"内部消息"时脑袋里一片空白，落寞的情绪还没有得到释放，再抬起头就看到了一对身穿情侣装的年轻男女在她面前的橱柜挑选纪念品。

她没想到会在美国遇到他。当初分手时，他说她太自我，一心想去美国，他不可能等她，与其两地煎熬，不如干脆分手。如今已经过去这么久，曾经的爱放下了，恨也放下了，两个人像萍水相逢的路人，本不该再有任何波澜，可许嘉还是无法抑制心里的难过。

当初在一起的时候，前男友说不喜欢纽约，劝她不要来纽约继续读书。现在呢？他却陪着另一个女孩子出现在了这里。

他没有看到她,她也没有上前打招呼,只是混在人群中推门离开了商店,直到重新呼吸到室外的空气,她才松了口气。

广场上华灯初上,人头攒动,她坐在椅子上,大口大口吸着奶茶,用力嚼着里面的珍珠。她曾以为自己足够优秀,配得上这世上美好的一切,直到现实一次次将她击垮,那种不被选择的落败感涌上心头,好像汹涌的海水将她淹没。

那天,她回家邀请我进行视频通话,画面里她的眼眶通红,反复问我这一切是不是都是她的错?是不是她不够优秀才无法融入当地的社交圈?是不是她过于平庸才始终没有找到工作?是不是她自大傲慢才让前男友无法忍受?

我不知道该怎样回答,虽然我认为对比身边人她已经足够优秀了,可是再温暖的安慰在这一刻都略显无力,我只好默不作声地陪她。

直到她的情绪渐渐稳定,我才缓缓开口:"糟糕的是生活,不是我们。想改变生活,首先要相信自己,然后硬着头皮往前走。"

人生就是一场恶斗,最有魅力的地方不是一路坦途,而是你不知道崎岖的路口前面是荆棘密布还是玫瑰丛生,你只管往前走。

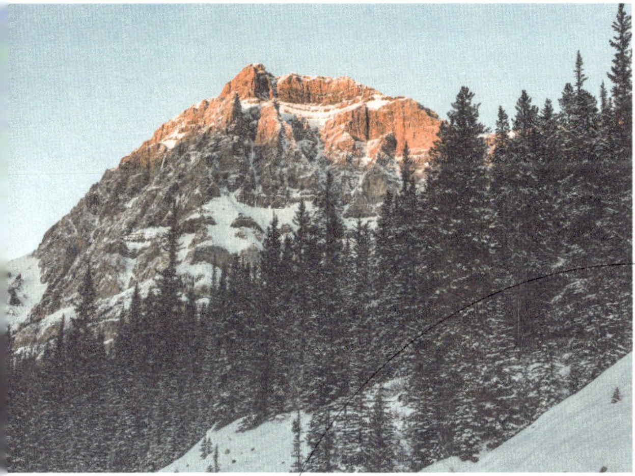

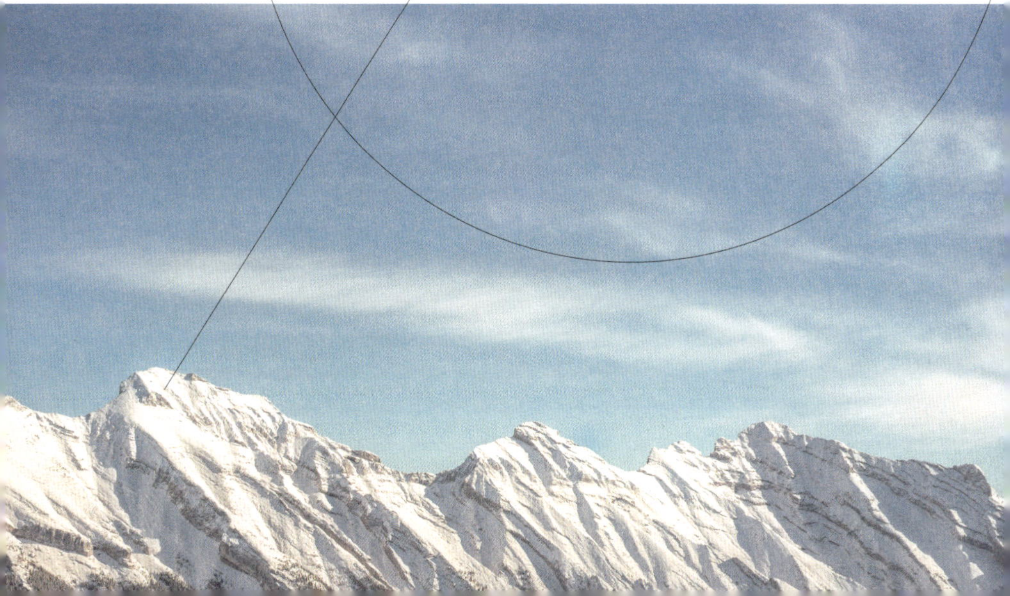

No. 06

  一个星期后，许嘉告诉我她准备去伦敦看偶像入伍前的最后一场演唱会。伴随现实的压力，许嘉已经很久没有关注偶像的新闻了，得知对方即将入伍，这将是一场告别感十足的演出，她才一鼓作气订了机票。

  我为她重新振作感到高兴。可是她在办理签证的过程中再次遇到了麻烦。其实在美国办签证很容易，一个星期就能出签，只不过必须通过快递邮寄护照，不能亲自去大使馆拿。或许是工作人员的失误，护照一直没有寄到许嘉手上。眼看就要到演唱会临近的日子了，她只能找大使馆询问情况。

  几番询问，这才知道原来是她把寄件人和收件人的地址填反了。许嘉沮丧极了，这么简单的事情她都处理不好。顾不上跟自己生气，她赶紧重新寄了一遍，这一次，她仔仔细细核对了许多遍寄送信息。

  因为时间太临近了，她几乎每天都在网上浏览快件信息，查看护照的情况，万万没想到同城寄件还能出现问题——快递员搞错了包裹。就在最后一步分拣的时候，快递公司把她的护照寄到了另一个拼写很相似的区，在曼哈顿以外。

  此时距离演唱会还有三天，周一许嘉就要搭乘飞往伦敦的航班了。她赶快趁下班前给快递公司打电话，却被告知最快也要等到周一才能重新调整转运回来。

许嘉没有办法,只能等。

到了周一,电话那端的工作人员却用不紧不慢的语气告诉她,问题快递被集中退回了大使馆,具体什么时候能寄给她还不知道。

后来我去美国看她,她和我讲起这件事时,我一度推测她有可能就此作罢不去了。谁知道她偏有一股死磕的劲儿,直接拎着行李箱去了大使馆,幸运地"截住"了停在大使馆附近的邮局车。她一边哭,一边和工作人员解释,得到允许后,一个人在快递车上翻找起了包裹。

在距离航班起飞只剩三个小时的时候,她找到了自己的护照。

夜晚的纽约很冷,许嘉飞快地奔往机场,一贯堵车的道路难得畅通无阻,等她终于抵达巨大的落地窗前,登机口只剩下两位检票的工作人员了。此时,广播里最后一遍喊着乘客许嘉的名字,再晚几分钟,她就彻底赶不上这趟航班了。

等她放好行李,在座位上坐稳后,突然笑了起来。

她说,那是一种无意穿越黑暗丛林后,偶然抬头重新看到光时才会拥有的快乐。

NO. 07

演唱会回来后，许嘉像变了一个人。她开始学着与过去的荣耀与晦暗告别，就像她的偶像敢于放弃所有辉煌，成为新的角色，开始新的生活一样。

原来归零也没有那么可怕。

许嘉从来都是一个雷厉风行的人，想做什么就去做，想得到什么也不吝啬付出。她开始列出详细的计划表，把自己未来三年的发展规划都写在了上面，目标不多，如果能一个个攻克，三年后她的简历一定很漂亮。

幸运女神总是适时地亲吻努力善良的孩子的额头，就在这时，许嘉收到了心仪公司的面试邀请，工作签证终于在临近毕业时尘埃落定。

在大神云集的公司里，新人许嘉最初的工作很琐碎。有时候她要抱着几大袋奢侈品牌的衣服挤上人满为患的地铁，去大牌云集的街上把拍摄借来的样衣一家家还掉。平时她不仅需要充当拍摄助理，做拍摄计划，还要跟进拍摄过程。后来，她慢慢地摸清了运营逻辑，在工作中越发细心周到，每次提出的选题方案都能以高票数通过。

主编很欣赏她，一年后，许嘉拥有了一档属于自己的专栏。虽然每期内容从前期准备到最后敲定都要和金发碧眼的同事经历一场拉锯战，但她很有成就感。她感觉自己像一块顽石，正在被慢慢磨砺出光泽。

后来，许嘉如愿以偿地过上了她想要的生活，和拥有同样兴趣的朋友逛街看展，投身自己热爱的行业，期许每天都能有所收获。

眼看留在纽约已不成问题，只是偶尔想起父母催促她恋爱结婚的叮咛，还是会有些犹豫。

她从不认同"剩女"这个词，能遇到对的人，和对方相伴一生当然很好，可是在没有遇到那个人之前，她更想要努力提升自己，而不是碌碌无为地彷徨等待。

许嘉之前谈恋爱，还都囿于校园里那些单纯美好的生活，没有真正走向社会，考虑工作和未来。对她来说，和前男友分手是一件伤心事，但痛苦也随着时间慢慢消逝了，那些回忆的片段就好像碎了的瓦片，被人存放在一个无人问津的老楼回廊里，偶尔有人走过踢到，才会发出一点闷闷的声响。

后来再遇到的人，能让她心动的很少，也正因如此，她才把全部精力都放在自己的工作和生活上。即便她有自己的想法和生活节奏，也无法完全逃离世俗的眼光。

过年，许嘉回国时，她爸妈给她介绍了一个男生让她去相亲。许嘉一年才回家一次，实在不好拒绝父母的一片好意，只能抱着就当认识一个新朋友的想法硬着头皮去见，也是为了让父母安心。

男生学习法律，和她同届，也在美国留学，身高、长相也还不错，在许嘉父母看来很是门当户对。

见面时,许嘉试图找了一些共同话题,但对方一直侃侃而谈自己在国外留学时的妙闻趣事,诸如半夜开聚会被警察敲门,一个人带十五个外国人吃麻辣火锅等,让许嘉深感自己和对方并不合适。

她是那种拼命努力适应环境,并想留下来证明自己的人,他却坦然承认留下来很难,时刻想着早晚有一天要回国工作。她很努力地去倾听对方的想法,逼着自己求同存异,却发现难以获得共鸣和认同。

一顿饭结束,许嘉就以对方三观和自己不太一致为由,拒绝了男生加微信的要求。对于一个始终在人生轨道上运行着自己小宇宙的人,许嘉第一次觉得这世上能找到一个和自己契合的人是那么难。

她有时候会想,现代人的感情趋势已经不再是爱情至上了。大家都很有个性,同时也很自私,谁也不愿意委曲求全。你若说一定要恋爱,那这个恋爱怎么都能谈,这个人怎么都能找,但就是很多时候,觉得不想事事将就,一个人那么好,不介意孤独,比强融舒服。

虽然许嘉也会担心有一天自己会变老,不能在最好的年纪里和最喜欢的人看美好的风景,不能留下一生仅有一次的炽热的爱,但她更惧怕和不爱的人相对而坐,静默无言。

她迷茫过,所以更知道什么才是自己真正想要的。

№ 08

前段日子，趁许嘉回纽约前，我约她见面吃了顿饭，听她讲那些一个人背着大包小包坐地铁实习拍摄的日子，讲那些啼笑皆非的车祸、送错护照，还有尴尬相亲的故事。

这些故事她从来没和我提起过，我愣愣地听着这些奇遇，看着她坐在对面轻描淡写地谈笑风生，好像在纽约经历的那些阴霾在此刻通通微不足道。

最后我笑她，她笑我，我们举着红酒碰杯，与过去傻乎乎的自己重逢，才发现一度觉得过不去的坎儿，已经在不知不觉中变成了随风而逝的往事。

还记得她刚去纽约时，我去看过她，在她合租的房子里小声喝酒聊天。那时候，正是她听不懂课程，每天拼命学习的时候。她的压力很大，言语间透露着对未来的不确信。

我问她："即便如此，你也喜欢纽约吗？"

她想都没想就点头说："喜欢！我一定会在这里扎根生长，拼命生长。"说完，她耸起肩膀笑了。

那一刻，她的眼神里有光。

她说："纽约太大了，大到我觉得既可以容下我，又有些容不下我，所以我要拼命成为更优秀的人。这里的展览特别多，各种演唱会也多，好吃的地方也多，我觉得很奇妙。那种奇妙不只是你每天面对美味的日料韩餐墨西哥菜选不过来，而是你开始勇敢地学习开车，是自己搞定难缠的房东，是你一睁眼就可以期待很多很多事情。"

她说这些话的时候，抬起头看着天花板，眼睛不停地转，那个被她描摹得奇妙美好的世界，就这么活生生出现在她的眼前。

我去看望她的那几天，刚好马上就是她的生日，于是计划一起从纽约飞去迈阿密给她提前庆生。刚到迈阿密的那几天，恰好遇上飓风，整座城市像一座空城，大部分常住人口都驾车去了其他地方，街上很少能看到人影。我们住的酒店大堂里挂着的五六台电视，无一例外地在播放和飓风有关的新闻。

第一次遇到飓风，我们都特别害怕，晚上也不敢出门，就躲在一个房间里，一起上网搜索飓风来时应该做什么，不停地查新闻看飓风动态。好不容易到白天，刚想出门透透气，看着街上被刮断的树、四处紧闭的店铺，还有一天只限两个小时营业的超市，又只能胆怯地窝在酒店里，祈祷一切快点恢复正常。

好像当恐惧袭来的时候，一个人才更能冷静地面对自己。

我们聊了很多关于人生的话题。许嘉说她刚到纽约的那段时间，就像是第一次面对飓风，迷茫裹挟着恐惧，令她惴惴不安。突然，她不知道自己为何身处此地，不知道自己未来要去哪里，好像之前设想的一切，都被突如其来的各种麻烦打乱了顺序。

离开迈阿密那天，我们约好了一起去看日出，飓风过后的迈阿密，有一种难得的安静。我一直觉得海风和浪潮交汇，是世界上最动听的声音，那种宽阔好像能让人忘却所有烦恼。

很早的时候，看日出的平台就已经聚集了一些人，昔日冷清的海边终于恢复了人气。我们悄悄混进了一个私人船坞，坐在甲板的边角处。

那一刻真的太安静了，安静到面对橙红早霞，我们不敢发出一声惊叹，生怕被私人船主发现，然后把我们赶出去。

我们就这么一声不吭地坐着，吹着徐徐海风。我跟随一只肥硕的海鸥转头，无意间瞥见许嘉的眼睛里闪烁着泪光。

金红色的波纹在海面上摇曳，我没有问她为什么哭，这一刻面对她突然的眼泪，我竟显得手足无措。不过也不必问她在哭什么，因为我知道，擦干这滴眼泪，她会继续走在风中。

才十几分钟的时间，太阳已经露头，天边云彩的颜色换了又换，大家纷纷拿起手机捕捉这美妙的瞬间。我环顾四周，暗暗想着：每个人都有一束属于自己的光，当你身陷桎梏手足无措的时候，就逆着光先走下去，那会是一个充满希望的新开始。

CHAPTER
6

飓风过后

END

你要好好的

CHAPTER 6

飓风过后

CHAPTER
6

飓风过后

后记
不必完美
POSTSCRIPT

NO. 01

"人生如逆旅,我亦是行人。"

写完这本书的最后一篇文章,距离打开文档敲下第一个字已然倏忽好久。在这一年多的时间里,伴随创作我也发生了一些或多或少的改变。

以前写完一本书,在主人公的世界里游走一番,好像懂了挺多道理,喜欢自称"我成长了"。但人一过了25岁,就会对初老有一种莫名的认同感,好像很多蛛丝马迹都能与曾经抗拒的词吻合,所以现在常常自嘲地说,我终于懂得更多的道理去塑造我的主人公,写完这本书,"我老了"。

25岁生日那天,我和全家人一起吃了顿没什么仪式感的饭,吹灭蜡烛的那一刻,我嘱咐在奔向而立路上的自己,要更用心地去接近本我的状态。

那以后的日子，便开始过得飞快。

简单来说，这一年我很少去公司开会，也不再过问很多工作上的细节，我投入在能写字的每一个清晨或夜晚，去旅行、或者读一些可爱的书，交真心的朋友。这一年我比从前更宽宏地对待人事，理解所有人的来意与归处，我更认真听心里的声音，也学会原谅自己的诸多无奈与过错。这一年我做了很多断舍离，扔掉旧衣物，减少焦虑与杂念，情感单纯简练……

这一年我完成了属于自己的第一本书。

人生真是场神奇的剧目，作为故事的主角，我们手里拿的剧本永远未知而又充满乐趣。

倘若时间倒退回十年前，我念初中的时候，还是一个敦实的小胖子，好吃懒动、也没什么理想。我常常在一个固定的时间，无所事事地坐在学校操场的篮球架下，闻校门口炸鸡店散来的香味儿，后来念了高中,我的学习成绩一直不如弟弟,好几年都在被比较中感到难为情,我记得18岁成人礼,他站在主席台上洋洋洒洒地演讲,我低着头始终不敢看他一眼,我在心里逞强地跟自己说,以后的人生还有很长很长,青春期这几年算什么,过了这个坎儿,又是一条好汉。

再后来到了北大,像是进了一间装满玩具的书房,一边跟着老师学习,一边找寻自己嬉戏的乐趣,我总以为自己还是十八九岁,那个踌躇满志、努力追赶所有站在更高处的人的少年,在梦里我很多次登高望远,摔倒又爬起来,却不自知地发现,现在的我好像已经习惯接受自己做不到的事情,不再追逐所有的风景,想好好珍惜的人也从成群到三两。

原来,我就这么悄然间成为一个大人了。

我很难刮干净自己的胡须,好几次跟自己赌气刮破了脸,又赶紧消毒涂上厚厚一层护肤品。有一天突然发现眼底长了皱纹,像小时候想抹平爸爸的抬头纹一样,没搓两下就意识到这是个该放弃的无用举动。曾经随便吃也不胖的体重一去不返,只能在心里安慰自己,没事,应该是骨头增加了重量。

不得不承认,人真的是会老的。

No 02

  小时候躺在爷爷家的蒲席上，头顶轰隆飞过一架架飞机，我总是杞人忧天地担心它掉下来，后来因为工作需要再搭乘飞机的时候，我也会紧张地带个苹果以求起落安妥。

  但这两年，当坐飞机慢慢变成我生活中的一部分，我开始喜欢上飞行。我常常坐在安静的机舱里思考很多人生重要的议题，比如，丢失的幼稚去哪了？如何保持天真？30岁以后要怎么过？死亡真的可怕吗？等等。

  有时候根本想不出答案，但就是有那么一种执拗，觉得平常因为忙碌没办法顾及的问题，一定要趁冷静下来的时候想清楚。虽然我们都会身陷迷途，但愿能明觉知返。

  前几天从纽约飞回国内的航班上，我发现一个很有意思的事。以前飞机从滑行到起飞，我一定要保持清醒，系好安全带，屏息凝神盯着窗外，因为新闻上说，这是飞机出现事故的高概率点。不过虽然每次都提心吊胆，但每次也都平安。而这一次因为要倒时差特别困，又赶上起飞延误了一阵，于是我在迷糊中就直接睡了过去。等我醒来，已经平飞。

  所以你看，不管是放下起飞前的焦虑呼呼入睡，还是保持冷静，悬心祈祷，飞机照样穿过云层，被橘色的阳光笼罩。

我想，人生大体的方向也是一样，都会渐渐走向成熟的，你不慌不忙也终究会过上与自己和解的生活。知足与焦虑，撒鸡血还是负能量，得到好机会还是当着很多人的面出糗丢人想快进入生或者钻进地缝，都是漫长一生中极其不重要的一瞬，时间流逝后你自会平和地忘怀这些小事。你不用逼自己去接近完美，相信我，一万次喜悦一万次悲伤之后，你总会放轻松的。

可能，这也是这本书我最想表达的。

六个故事，十几位主人公，他们都是像你我一样的男孩女孩，我们都矫情过，拧巴着，模仿别人，不放过自己。就这么误打误撞到了该沉稳的年纪，在走了很远的路之后，仿佛我们终于能看清自己错在哪了，可这一次，好像我们的第一反应不再是执着争辩，遇到事情也不会着急忙慌发到朋友圈宣泄求救，而是能仁慈、隐忍、理智地梳理，然后一点点尝试解决。

可能到这时候，你就会享受到，这繁复茂盛千奇百怪的人生最妙趣横生之所在了。

说了这么多，不能免俗地要感谢能有机会把这些话形成文字，送到你的面前。

所以一定要好好感谢我的出版公司磨铁图书，以及我写作生涯里非常重要的两位编辑微姐和琳琳姐，我始终记得我们之间的鼓励、陪伴和默契，那些黑夜白昼颠倒的日子，因为你们而变得有意义。

还要感谢所有为这本书付出辛劳的台前幕后的工作人员：来自

一甲工作室的封面摄影师吴言先生，你总能很快捕捉到我想表达的状态；感谢我的好朋友莫景斌、马漪浓、阿汪给我的内文提供很好看的图片，以及封面设计师沐希老师。

还要特别感谢我的家人，写作是一件很枯燥的事情，很多时候心里的状态是不想表述出来的，因为表述即会有偏差，而恰恰是这些能力有限造成的偏差，最让执笔人痛苦。我常对着电脑有一种无助，甚至是绝望感，但一通温馨的电话，一切问题都能迎刃而解，所以要感谢我的家人尤其是父母和弟弟，还有亲爱的妹妹李彤一直陪伴我，爱能抚平所有不安和伤痛。

最后感谢我的读者，谢谢你们一直愿意看我写书，天南地北地来与我见面，在灵魂共鸣中彼此欢欣鼓舞。文字是交朋友的一种方式，我相信在某个平行时空，它都曾带我们去过笔下那些美好的世界，见过一个个熟稔的角色，在那里，我们都不必完美，我们是真正的朋友。

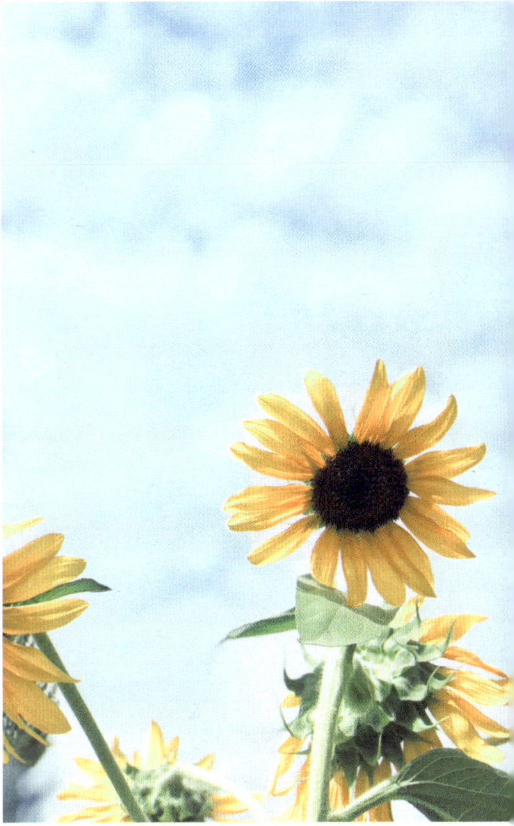

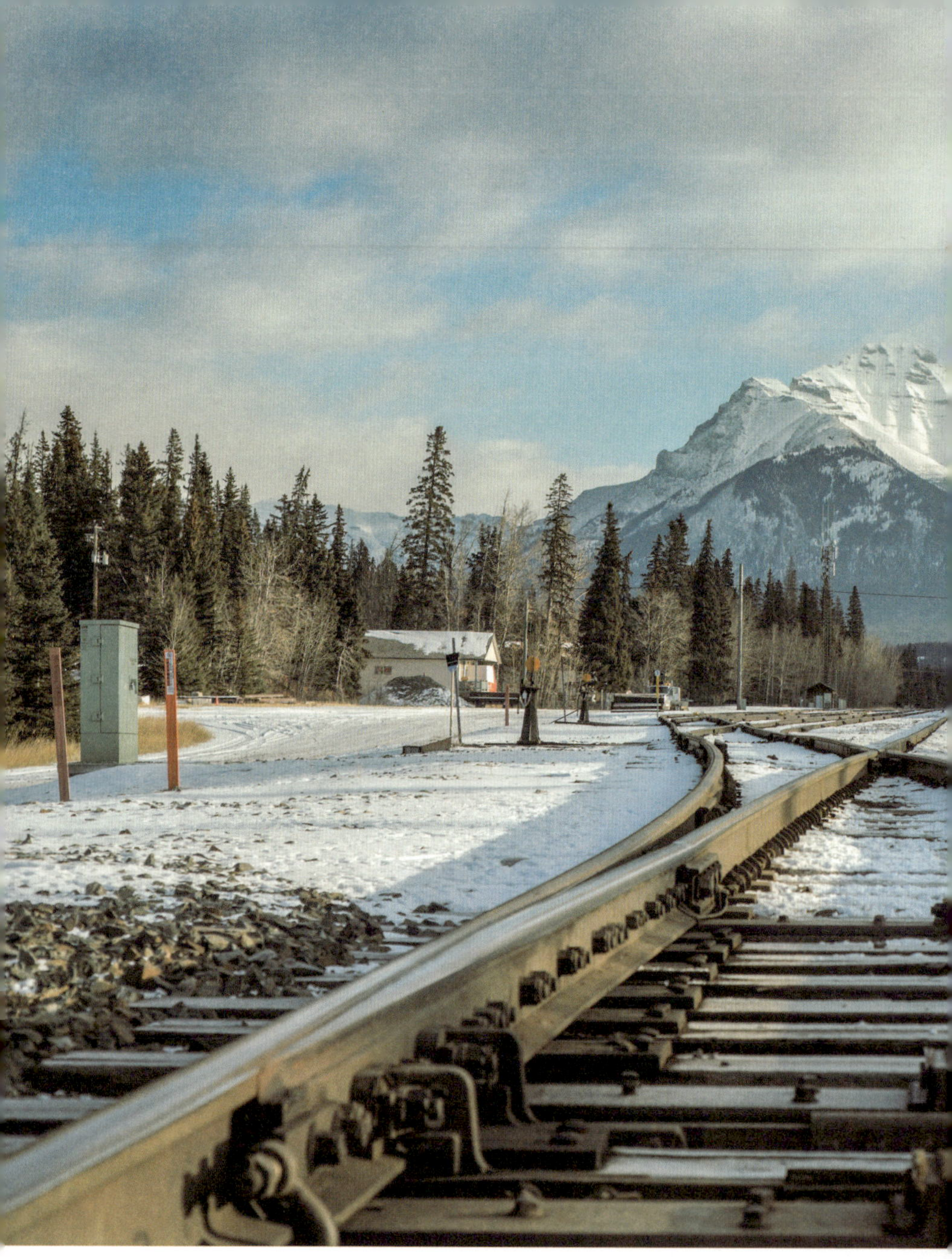

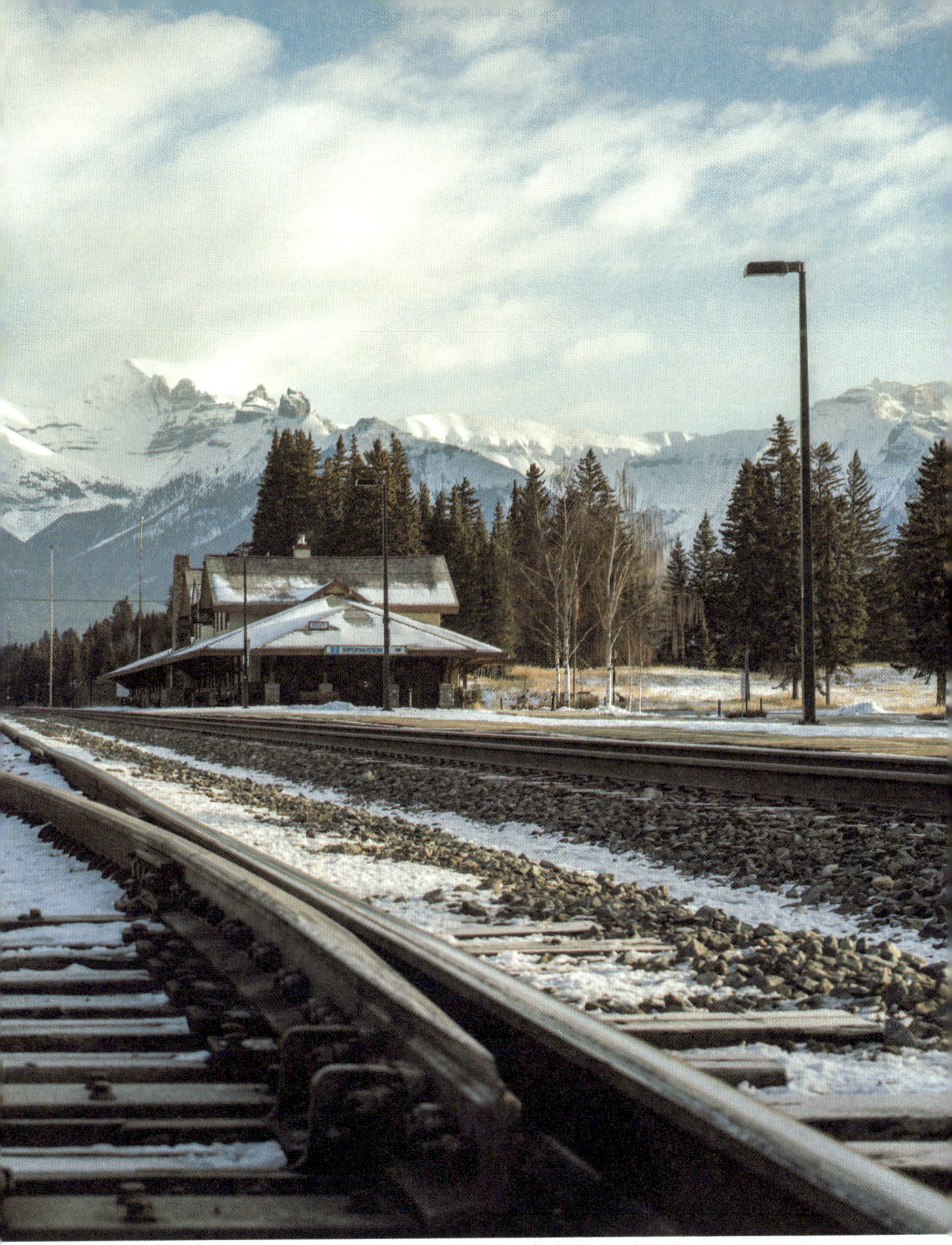
INFORMATION

亲爱的读者,

不知道看到这里你是否打开了一些曾经的心结,

或者还是有一些问题无解?接下来的附录部分,

收录了关于成长过程中不可回避的疑问、

困惑和后知后觉,

我与书中的主人公一起回答了它们,

也期待你们在空白处留下自己的回答。

附录——
你得到想要的答案了吗？

P. 208
—
P. 230

问： 你是否被父母拿来和"别人家的孩子"比较过？面对这种无形的压力，你能妥善地处理好吗？

苑子文：

在长大的过程中，我们常常被人比较。从小时候长身体，到念书以后的学习成绩，再到工作后薪水的高低，甚至我们历尽辛苦，终于迈向了下一个人生阶段，我们的子女也会在无形中被人拿来进行新一轮的比较，如此循环，挣扎往复。

就像姚一丹和陈伟峰这对兄妹一样，我们都渴望成为别人眼里那个理想的模样，背负着诸多期评虑急前行。但你有没有想明白一个问题，每个人都有自己的人生赛道，当你不停地观望四周，在意旁人的时候，你是否真的活成了让自己引以为傲的样子？

问： 你的原生家庭是怎样的？原生家庭对你造成的伤害是否已经痊愈？

苑子文：

每个家庭都深藏着属于它的独特故事，有幸福美满的，也有不幸落寞的。不可否认，原生家庭在我们每个人身上都留下了深深的烙印，它影响了我们对世界的看法、对爱的判断，甚至对人生的选择。

书中的肯宁是一个很矛盾的人，她独立又成熟，小到日常生活中的选择，大到工作以及人生规划，她都极度理性，滴水不漏，但同时她又是一个十足的幼稚鬼，因为原生家庭的破碎，她一直缺乏安全感，始终无法信任他人。我不能说她的行为极端或者错误，因为这个世界上真实存在着像她一样缺乏安全感的女孩。她们本没有错，只是如果想收获美好，她们或许需要花费一些时间学着改变。在自我治愈这条漫长的路上，我们总要习惯孤独才能变得更勇敢。

问： 你也因为外貌或身材感到自卑过吗？又是如何与自己和解的？

乌钰娜：

你好呀，亲爱的朋友。

你们也看到了，我曾经很胖，身材带给我的困扰让我常常感到自卑，那时的我敏感脆弱，别人多看我一眼，我都想找个地缝钻进去，现在想想也真是好笑。所以，如果你也在为同样的事发愁苦恼，我要先抱抱你啦！

这么多年过去，随着年龄的增加，我关注和在意的重点也在不断发生着变化。因为看到了更辽阔的世界，遇到过更棘手的问题，遭遇过更难以描述和平复的情绪波动，回头再看青春期时肥胖带给我的烦恼，好像就变成了一件不值一提的小事，没那么重要了。

成长就是这样，总要有一个过程，很多事总要经历过才能明白。你现在跟自己过不去，节食、减肥，我不会驳斥你，毕竟爱美是每个姑娘的毕生追求嘛！不过你可不许伤害自己的身体啊，你要答应我，健健康康的。

如果你也曾因为外貌而感到不开心，就在下面给我留言吧，因为此刻的你就是曾经的我，你说的一切，我都懂。

附录

—

你得到想要的答案了吗?

问： 为什么现在的我们对梦想避而不谈？

许添：

　　大家好，我是许添。

　　现在的我已过而立之年，"梦想"这两个字对我来说已经很遥远了。以前我也有很多梦想，机械师、考博士、成为大学老师……这些林林总总的梦想，我都心动过、付出过，最后却没能真正实现过其中任何一个。

　　可能真正步入社会之后，我才认识到现实和理想其实根本不在天平的两端，或者说，它们根本就不在同一个维度。你拼了命地谈理想，现实却如过眼云烟，忙着忙着三年五载就过去了，再没有多余的精力让你为梦想腾挪时间。所以试图去平衡这两件事确实很难。

　　曾经我也为理想与现实不能兼得而感到沮丧，但现在好像长大了，也成熟了，渐渐找到了真正的自我，所以不再为没能实现的事感到遗憾，有些时候尽力去做就好，至于结果就显得没么重要了。至于现在，虽然在现实中已经摸爬滚打多年，但我心里还是给梦想留了一席之地，只不过与年轻的时候不同，以前总想做出什么成就，现在则轻松地享受喜欢的事带给我的快乐，少了目的性，梦想反而更容易实现。

　　那么你呢？你的梦想是什么？还在为了梦想努力吗？

附录

一

你得到想要的答案了吗?

问: 没有听从父母的建议从事一份稳定的工作,你后悔过吗?

苑子文:

从大学本科开始,我就一直在经营自己的护肤品公司,后来接触并从事了喜欢的出版行业,还误打误撞演了戏。对我而言,好像自己的生活一直都不是很稳定,至少不是父母眼中认同的稳定的工作。

曾经在很多个有月亮的夜晚,我就靠在家里阳台的窗户旁看对面的万家灯火,那时候我在想,这些陆陆续续回家的人一定刚刚结束工作,急急地回家,做饭、吃饭、休息,等到第二天再继续起床上班。选择一份稳定的工作,就意味着拥有稳定的生活,你能清晰地看到自己的职业弧度,看到自己的职业前景,看到自己未来的生活状态,然后为之努力。这是一种很踏实的幸福。

但人生并不是计算机程序,总能提前设置好算法或者程序,然后直接导出起因经过结果,得出最终的结论。事实上,生活是很感性的,一切都在未知中发生,谁也无法预言下一刻。我们唯一能做的,就是确信并享受当下。

我确信我喜欢现在的自己,确信在享受现在的工作。至于未来如何、结果如何,都暂且不论。我相信只要你肯付出,结果自会对得起自己的努力。所以不管你选择了一份什么样的工作,过上了怎样的生活,都请用心、用力、用情地继续吧。稳定因人而异,未来大有可期。

附录

一

你得到想要的答案了吗?

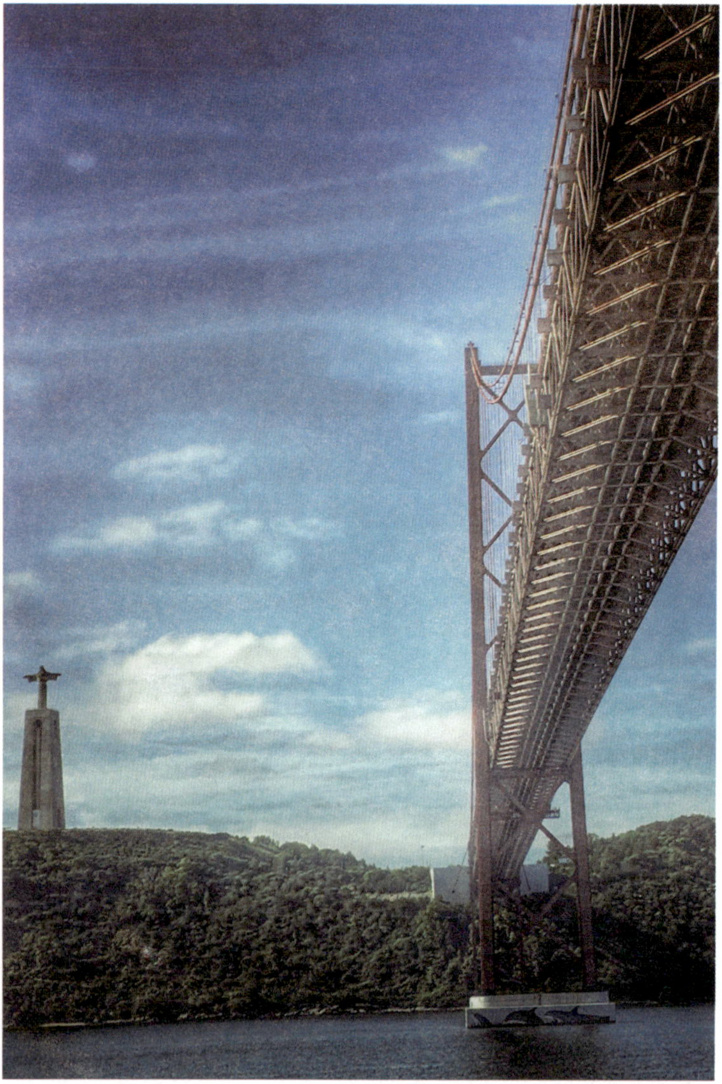

问： 如何看待"孤独"这个词？独处的魅力有哪些？

苑子文：

"孤独"是一个中性词，因为孤独，你会感到失落，会陷入负面情绪，会缺乏对生活的热情或者信心。但也正是因为孤独，你变得敏感，能观察到生活中藏匿的各种情绪；因为孤独，你学会独处，大把的时间交给了自己，过得舒服自由……

我从不认为孤独是一件坏事，我在孤独的时候会习惯阅读，书籍像一部手机，让我与自己对话谈心，打开心里的窗户透气；我在孤独的时候会规划旅行，一个人走在路上，轻快洒脱，仿佛整个世界都是我的；我在孤独的时候会吃一顿美食，所有味蕾间的享受不用言语形容，全凭自我感受。

孤独不是坏事，学会独处才是真的本领。

我们都处于一个快节奏的时代，无数的机会、不同的情境、日新月异的变化迎面而来。请记住，不要盲目地蜂拥而上，学会"孤独"地处理好自己的生活，有自己的节奏，才能真正摆脱平庸，不被落下。所以，你开始喜欢孤独了吗？

附录

一

你得到想要的答案了吗？

问： 高考对你而言有多重要？

苑子文：

  高考就像是一个永远逃不掉的话题，因为它承载了我无数个挑灯夜读的日子，代表了我最投入、最孤勇的一个阶段。它记录了我们每个人的青春期，那些叛逆和情窦初开，还有那些关于校服的美好。所以高考永远是记忆匣子里最珍贵的一部分。

  不可否认，因为高考，我幸运地去了全国最好的大学读书，意外地被媒体发掘，成为一个有些影响力的年轻人。也不可否认，通过高考我过上了理想的生活，有了更好的条件，获得了更多的机会。但我想说，高考对我而言，还远不止这些。

  因为高考，我永远相信一分耕耘一分收获，所以在自己意外得到一些赞美、支持甚至是极大的帮助时，我都会保持谦卑和努力，就像高中墙上贴着的那一句话，"生命是一场永不停歇的长跑"。

  因为高考，我在北大读了六年的书，它教会我勤奋、修德、明辨、笃实，虽然我们不知道自己的极限在哪儿，但至少能坚守自己的底线。因为高考，到现在我都保持着终身学习的理念，对过去的自己反思，向身边优秀的人学习，时刻保持好奇心。

  一个人的一生通常只会经历一次高考，但高考之后留下的人生经验，是可以享用一辈子的。

  你呢，你的高考故事是什么？

附录

一

你得到想要的答案了吗？

问：你发现自己独一无二的闪光点了吗？

苑子文：

我在写作的路上，总是因为一些主观或客观的因素，局限在一个条框里。我在表演的时候，经常因为内敛害羞而不能放开自己。我体育不好，跑步之后无一例外会吐，我也不会什么乐器书画，没什么特别可以展示的才华。

我承认上述这些不足，但也从不会因为只看到自己的缺点，而怯怯立于世，反而坚信自己拥有独一无二的闪光点。

我是一个内心很柔软的家伙，因为柔软，我想对我身边的陌生人尽量温暖，不管是流浪汉、推销员，还是带孩子的母亲、蹒跚的老人，我喜欢帮助别人时那种简单的满足；因为柔软，我对我的员工都很惭愧，我会操心他们的人生规划和职业规划，我尽量不耽误每个善良的人的好意和宝贵时间；因为柔软，我在无数个情绪涌动的夜晚，感受着这个世界上最伟大也最神奇的东西——思想。快乐的、忧伤的、张扬的、封闭的，这些情绪都像收纳盒里的宝贝，我能真实地触碰，我感谢自己能碰触。

所以人一定要学会认同自己，如果你都不自信，那么生活凭什么相信你，给你最美好的东西？

问: 还记得你第一次喜欢的人吗？

章静:

你好啊,陌生人。

你还记得自己第一次见到喜欢的人,是什么样子吗？

我还记得他穿着不算整齐的校服,衣服上的褶子像极了训他的教导主任脸上的皱纹。我喜欢他,并不是男女之间的那种喜欢,而是看他一副混混的样子拿学习不当回事,却会替班上受欺负的女生出头,是他不把我这种老师的眼线、班级的骨干放在眼里,却也从来不为难,好像他的世界很简单,我们都是无关的人,他从不关心其他琐事,只有篮球是他的最爱。

我是一个会一步一步把自己的人生都计划好的人,但他不是,他常常丢三落四闹出笑话,学习不优秀、对未来没想法,但他每次害羞地低头一笑,我都会脸颊一红,觉得人生美好。年少时的喜欢总是这样纯粹,不掺杂目的,虽然后来我们没有在一起,但我依然感激喜欢过那样一个明朗的少年。

....
....
....
....
....

附 录

一

你得到想要的答案了吗？

问： 在这物欲横流的世界里，你还相信美好而纯粹的爱情吗？

苑子文：

我发现一个很有意思的现象，当我自己出去参加一些聚会的时候，坐在我对面的一些男孩女孩，首先看到我这个人，一般都先仔细打量我的长相，然后观察我穿了什么牌子的衣服、什么样的鞋子，头发有没有打理，然后给出一个礼貌性的微笑。

当我的朋友介绍我来自北大的时候，我又会感到他们的眼神稍微变得不一样了，那是一种肯定、一种好奇、一种试图靠近的友好信号。

当朋友接着说，他是一名作家，写了很多本畅销书的时候，我看到他们轻轻点头，笑容更明显了一点，接着他们拿出手机加上微信，好像"认识你"，在此刻变成了一件正确的事情。

这种情况多了，我会感到不解。

如果我在聚会上遇到一个男孩或者女孩，我会先观察他的行为、谈吐，接下来我会认真听他的生命经验，听他讲过去的故事，我会因为内心对他的印象，而去想认识或要远离一个人，这让我感到很安全。但现在大多数人不是这样，他们通常都会像我描述的第一种状况一样，根据你各方面的条件来判定你这个人的价值，就像现在大多数人对待爱情的态度一样，先考虑车子、房子，再考虑是否喜欢对方，有一种本末倒置的感觉。

可是，爱不是一件感性的事吗？那些所谓的指标固然重要，但如果剥开层层华丽的外衣，你靠近一颗狡猾的、自私的、卑劣的心，又会得到什么呢？我当然相信纯粹又美好的爱情存在，只是遇见它或许没那么容易。在遇见这样一份爱情之前，只有让自己变得更好，你们说呢？

附录

一

你得到想要的答案了吗？

问: 你为什么放弃一个喜欢很久的人?

苑子文:

我曾经暗恋一个人很久,然后放下了。

在我们感情最为丰沛的时候,我以为爱情是冲动,是想方设法靠近,是舍弃自己所拥有的以求她的笑容。我以为爱是勇气、是魄力、是可以不顾一切喜欢你。随着时间一点点过去,我在曾经很喜欢的那个人身上渐渐发觉了陌生的样子。我开始意识到,我曾经那么喜欢的人,会不会其实只活在我的记忆里,因为我的滤镜,她才那么特别,而不是活生生站在我面前的这个人。

懂事后,我慢慢懂得一个道理,大多数的暗恋都是在自导自演的曲折后,走向一场无疾而终的告别。我们很辛苦地去爱一个人,到最后才认清事实,不爱的,等不来。

问：你为什么那么努力？

许嘉：

此刻写下这些文字的时候，姐已经在纽约站稳自己的一席之地了，替我开心吗？

不得不说，我真是一个很能折腾的人。在这两年留美工作不好找的大背景下，我打了三份工，每天恨不得用 24 小时的时间工作。倒不是为了证明自己，你也知道，我从来都不是活给别人看的那种人。我呢，只是单纯地想留下来，而想留下来，总要付出点代价的。

前段时间我去医院看医生，检查出肾脏有些问题。医生给我开了些药，并嘱咐我注意关照自己的身体，最近已经恢复得差不多了，没有以前那么拼，但还是一腔热血。

现在我在一家华人公司工作，比以前的生活要规律多了。我竟然破天荒地戒掉了薯片这种零食，每周去三次健身房。我换了一个看起来更成熟的发色，但不变的，是面对生活，我依然竭尽全力。

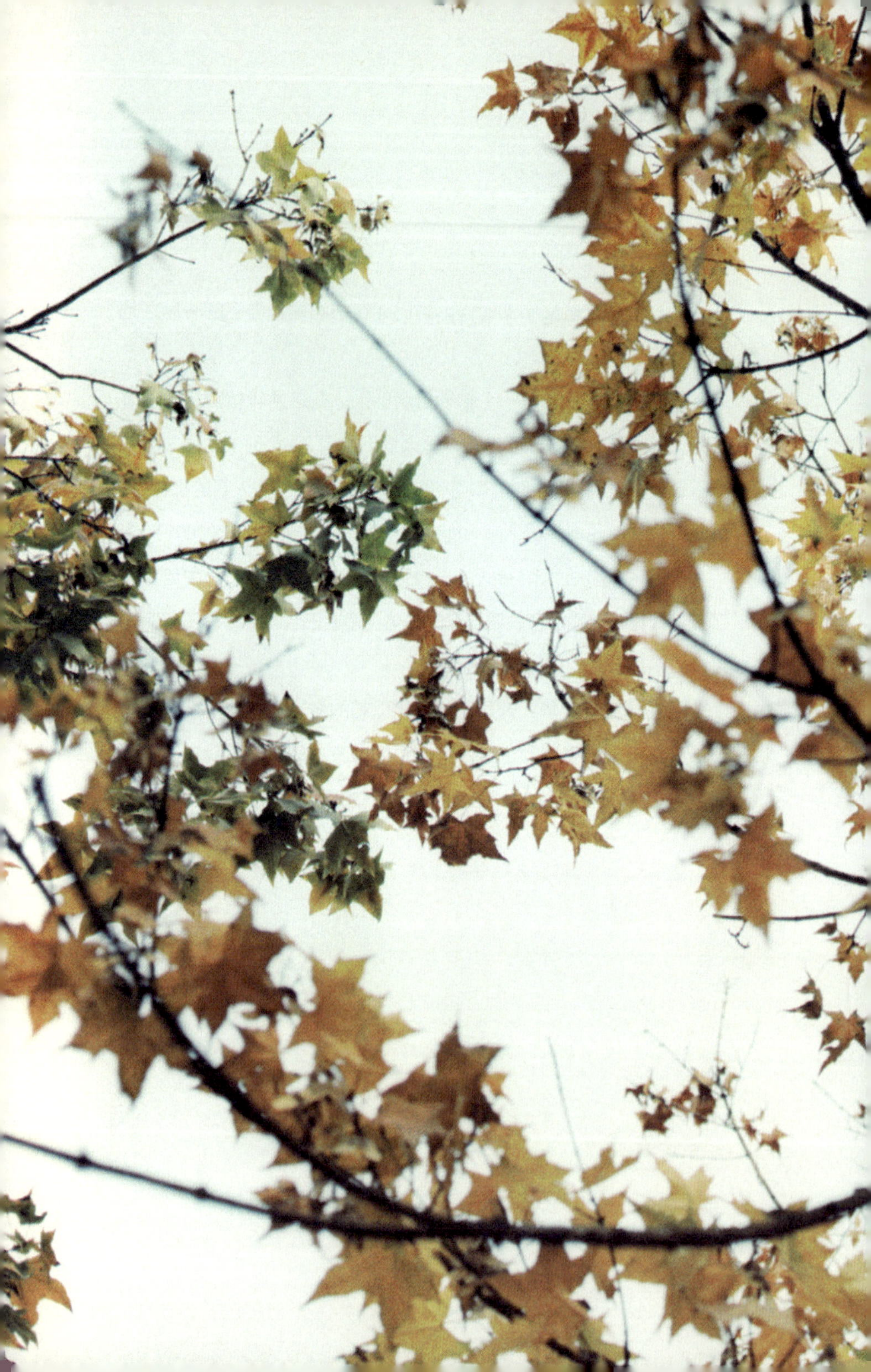

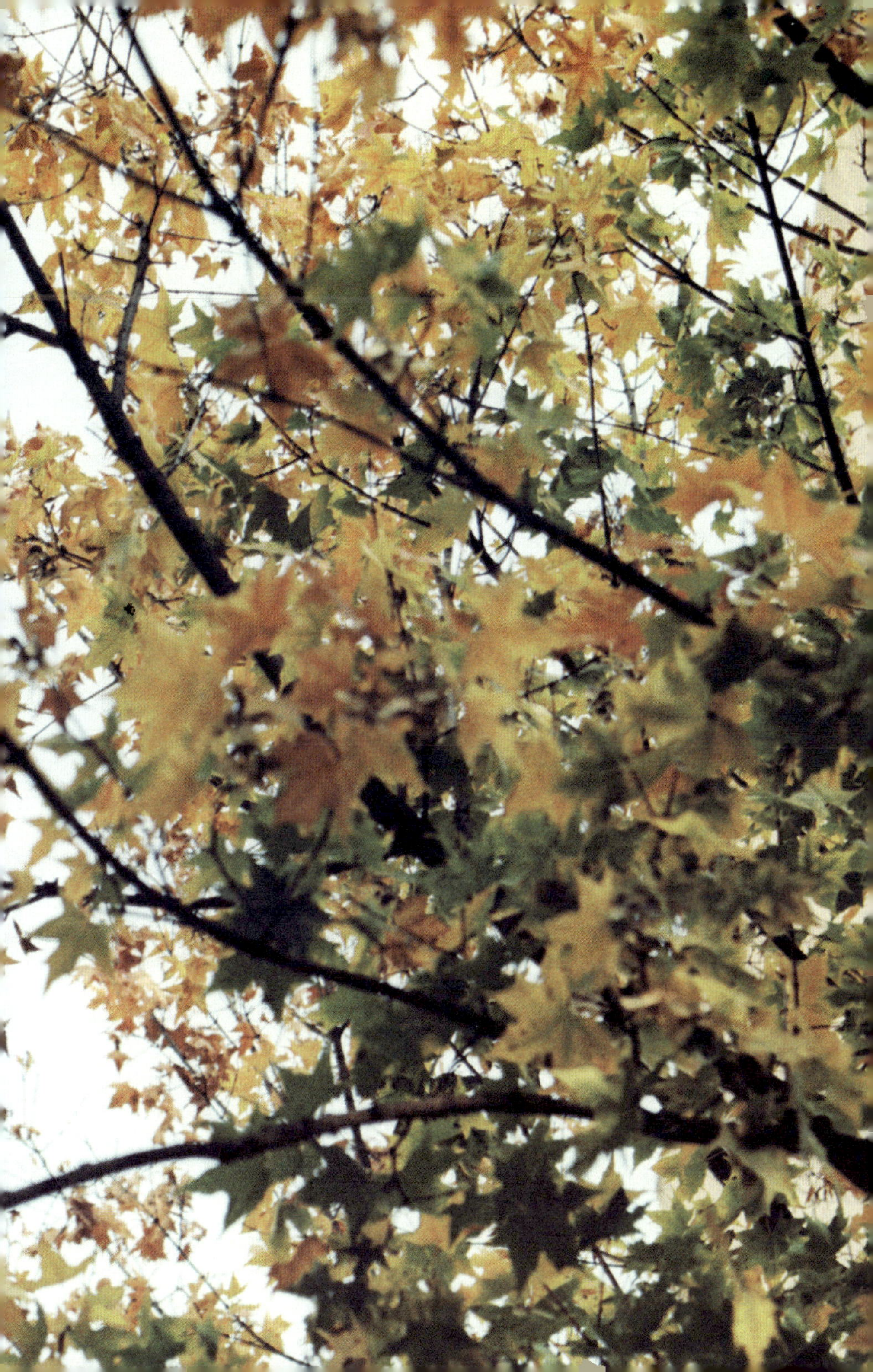

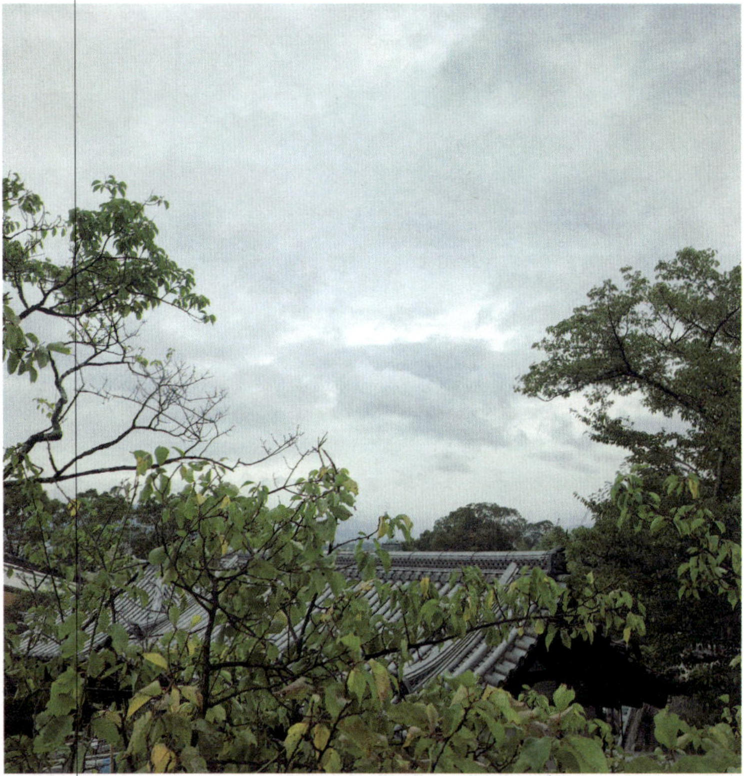

苑子文 作品

（一）

"接下来公布1500米长跑成绩：第一名，高三（3）班王晓宇；第二名，高一（1）班章程；第三名，高二（5）班魏源。恭喜他们！"

"致跳高运动员王晓宇：金风送爽，鸟儿欢唱，你轻轻地一跃，像一道优美的青春弧线；你瞬间的英姿，定格为同学眼中永恒的信念！拼搏吧，我们为你呐喊！加油吧，我们为你歌唱！——高三（3）班全体。"

"王晓宇同学，王晓宇同学，请速到标枪运动区，比赛马上就要开始了！"

"王晓宇，王晓宇，王晓宇，这个王晓宇怎么这么吵啊？"观众区，一个短发女孩扯下耳机，有些烦躁地嘟囔了一句。坐在她旁边的女孩抻着脖子，追着一个人影远远地看向标枪区，连个眼神都没分给她。

"欸，你看什么呢？"短发女孩好奇地挑了挑眉，顺着她的目光看过去。

什么啊，到处都是人，运动会真没劲。她正一边心里想着，一边把耳机塞回耳朵。

旁边的女孩回过神来，往下拽了拽她的胳膊："哎，你先放一放你的BBC，看看王晓宇，怎么会有这么鲜嫩可口的男孩子呢。"

又是王晓宇！"这个王晓宇到底是谁啊？"

短发女孩叫程烨，高三文科班一个非常不起眼的女同学。难怪她不认识王晓宇，她几乎把所有精力都用在了手里的那个随身听上——她想做同声传译，梦想着有朝一日能站在国家领导人的身边发挥自己的作用。

"王晓宇你都不认识！"她身边的女孩名为方念念，是和她最要好的同班同学。

方念念指着一个模糊的背影，叽叽喳喳地跟她介绍道："本校校草，去年运动会一个人拿了五项第一名，虽然脾气不太好，但是人那脸长得，怎么说呢，就是——巨高级！"

高级？程烨好奇地看着那个背影，那人动作很好看地举起标枪，在手里掂了掂，轻巧地往外一掷，一道漂亮的弧线后，远远地传过来一阵惊艳的欢呼声。

"王晓宇，"程烨把这个名字在心里重复了几遍，下意识地瞥了眼方念念，"真有那么帅吗？"

边说边若有所思地看向另一边。

"量子纠缠，绝对是量子纠缠。"程烨神神道道地对着方念念说道。

两个女孩弓着身子躲在主任室外侧的楼道里，办公室里传来郝主任标志性的洪亮嗓门："王晓宇啊王晓宇，你今天必须把你家长叫来，不然这事儿没完！"

郝主任拍桌子，摔杯子，盛气凌人地呵斥，最后以苦口婆心的劝说结尾，一整套惯性动作行云流水地做完。

"喂，他在说什么啊，怎么突然没音儿了？"程烨扒着方念念的肩膀，小声地说道。

"不知道啊，好像郝大爷在嗡嗡呢，我家小男神怎么都不说话啊！嘘——有了有了，你仔细听听。"方念念示意程烨不要说话。

"啊？我还是没……"话音还未落，主任室的门就开了，吓得程烨赶紧闭嘴侧过身去，缩着头，像是犯了什么错似的。

方念念没来得及反应，还保持着刚才那个偷听的姿势，四目相对，一时尴尬极了。

她朝着王晓宇点了点头，又用手指了指程烨，耸耸肩，露出一个很无奈的微笑，顺利把锅丢给了程烨。

程烨再回过头时，只剩一个王晓宇的背影了。

"你怎么那么尿啊，你知道他刚才从里面出来的样子有多帅吗？对视一眼如饱三天！"方念念用胳膊肘轻轻杵了下惊魂未定的程烨。

"如果看帅哥真能饱，你方大花痴还至于这么胖？"程烨不以为然地回杵了一下。

当天夜里，程烨就做了个梦，梦里的她站在国家领导人身边，神情自若地做着口译。突然，国家领导人说："这个标枪，就得这么扔才能扔得远。"

等等，标枪？王晓宇？

程烨错愕地看向身边的领导人，果然，那张清晰的面孔突然变了个样子，她还没来得及看清，就从睡梦中惊醒。

夜色如水，月光透过窗帘中间的缝隙照到堆得都是书的书桌上。

程烨摸了摸额头上的汗，第一反应居然是："怎么又没看清那张巨高级的脸到底是什么样子？"

紧接着，她甩了甩头，摸着自己的胸口，觉得自己必须得找机会见这个王晓宇一面。

"都魔怔了,这都能梦见……不行不行。"她嘟囔着缩回被窝,巴掌大的小脸被埋住一半,一双眼睛有些不安地忽闪了几下,才慢慢地闭上。

有的时候,莫名其妙的执念在一个人心里生根发芽,就是这么容易。

自从梦见王晓宇,程烨便开始不自觉地跟方念念打听起他的事情来。

原来他不仅是校草,还是校霸。这个学校原先逞凶作恶、有头有脸的人物,都被他教训过一遍,除了体育课全勤参与,数学成绩尤其出色外,王晓宇的其他科成绩压根不能看。

"真是说曹操曹操到!"

程烨和方念念并肩走在一楼的走廊里,方念念突然停住脚步,指着对面一个男生。这人校服就搭在肩上,身上的白衬衣穿得松松垮垮,有一个角还翘了起来,他手里拎着一罐可乐,边喝边慢悠悠地往教学楼走。

"喏,就是他,王晓宇。"

这个被晨光笼罩着的男孩,眼角和发梢被金色的阳光勾勒出好看的形状。他的脸棱角分明,眉目间埋着深邃的眸光,鼻骨高耸,嘴角微微向下撇着,下颌线像一道流畅的弧线。

他边走着,边抿了一口可乐,喉结微动,让人移不开视线。

那句话是怎么说来着——"你是我温暖的手套,冰冷的啤酒,带着阳光味道的衬衫,日复一日的梦想"。

程烨在看到晨光中的王晓宇时,一瞬间就想到了这句话。

一时间,她觉得他有些晃眼,但又挪不开视线。

似乎是感应到了她的目光,王晓宇放慢了步伐,稍稍侧目,慢悠悠地看过来,停住。

四目相对，他面无表情地举起可乐喝了一口，然后玩世不恭地向左歪了一下头，目光毫不退缩地直盯着她，直到她慌乱地移开视线，碎步走开。

程烨的心跳快了大半拍，她使劲晃了晃自己的头，因为额头沁出的汗珠，齐耳的发丝贴在她的脸颊上。她不由自主地用手背捂了捂嘴角，骨节触碰到的地方，有些微微发烫，这里，藏了一个女孩青春期里最盛大的秘密。

临近上课时间，走廊上人来人往。

"喂，你怎么突然对他这么感兴趣呢？"方念念拽了拽程烨的衣袖，把她拽回到现实当中，"不对，你老实交代，到底发生了什么？"

程烨耐不住她的询问，就把自己梦到王晓宇的事情告诉了她。她边听边倒吸凉气，在上课铃响起的时候，拉着程烨边跑边说："你知不知道梦是最好的催化剂，我之前觉得木村老了之后很油腻，结果梦到他的第二天，我就重新爱上了他，梦里他对我笑得，简直就是恋爱的感觉，所以我敢说，你一定是爱上他了才会对他这么感兴趣！"

"别胡说！"

两个人踏着上课铃声回到自己的座位上，直到下课，程烨都还处于刚才那巨大的震惊当中。他刚刚盯着我看的样子，为什么那么让人无法抗拒？自己循规蹈矩这么多年，眼看着要高考了，居然……动了凡心？

怎么可能！

程烨不信方念念说的话，她一向是干净利索的性格，为了确认自己确实没动什么歪心思，中午午休的时候，她主动去了传说中普通同学不能接近的禁忌天台——据说每天中午，王晓宇都会在这儿跟他的狐朋狗友"休养生息"。

"哎哟，这谁啊，胆儿挺肥的啊！"一个染着黄头发的男生冲站在天台入口处的程烨吹起了口哨，吊儿郎当地朝程烨走过来。

王晓宇正在阴凉处的一根横梁上躺着，旁边放着一罐可乐。他周围围着几个看起来就是小混混的同学，不是染着头发就是戴着耳钉，只有他，黑发白衣，棱角分明的脸上眸子清明。

"我找王晓宇。"程烨站在原地没动，镇定自若。

"你谁啊你，哪凉快哪……"黄毛一贯这样替他的老大挡一面。

王晓宇一个翻身，从横梁上跳下来，顺手抄起可乐走到程烨面前。

"是你。"

这是程烨第一次听到王晓宇的声音，低低的嗓音，略带沙哑，又干净利落。他高大的身躯挡住了日光，将身材小小的程烨笼罩在一片阴影当中。程烨抬起头，脸颊发烫，有点看不清他的表情。

"哪凉快咱哪聊会儿呗，嘿嘿，原来是宇哥的妹啊！哟喂，你看这小脸长的，真是，不好形容……"黄毛见王晓宇的反应，顺势开始拍马屁，但程烨平平的长相，确实和以往那些追求者没法比。

王晓宇十分嫌弃地用手推了一把黄毛的脸，黄毛立刻安静了许多。

"是我，我想跟你交个朋友。"程烨低着头，僵硬地伸出小小的手。

王晓宇"呵"地笑出声，像是听到了什么笑话一样："你回去吧，别来这儿了。"他面上带着笑过之后的余味，目光有着一丝习惯性的嘲讽。

见他转身，黄毛小混混赶紧阴阳怪气地说："就是，快走快走，这儿是禁忌天台，你不知道啊！谁想跟宇哥交朋友他都同意的话，那他不得累死！"

程烨倒也不生气，瞥了黄毛一眼，冲着王晓宇的背影喊道："我对你很好奇！你一天不同意我就找你一天，你一个月不同意我就找你一个月，你记住,我叫程烨!"

喊完之后,她头也不回地离开了天台。

还没走远的王晓宇回过头看向她,想起早上第一次跟她对视时那双清亮又干净的眼睛,她的背影像她的头发一样,洒脱恣意,带着一股子任性和神秘,她到底想干什么?

（二）

天台一别之后，程烨开始无孔不入地出现在王晓宇的生活中。王晓宇我行我素惯了，自然不会把她放在眼里。

他只是觉得，在被老师训话的时候，或者在翻墙逃课的时候，那个总是会在旁边暗中观察的脑袋怎么那么……毛茸茸的？

就像现在，在利华中学的主任室里，被撕碎的作业本撒了一地，郝主任气急败坏地说："暑假作业连抄都懒得抄了？考试除了数学门门交白卷？不要以为你打算考个大专，学校对你的容忍就会是无限的。你再这样敷衍，什么专都没戏，搬砖吧你。"

所有这些刺耳的训斥都沦为背景音，王晓宇的目光怎么也离不开那个门口墙角处蹲着吃橘子偷听的人。

程烨兜里总共放了三个橘子，她已经吃到第二个了，郝主任还没训完话，她已经不耐烦地准备戴耳机听会儿BBC了。

这么想着，她的手已经摸到了兜里的随身听，正要扯出耳机，就听见郝主任喊道："你给我回去好好反省！3000字检查！明天一早给我交过来！"

"砰"的一声，王晓宇已经站在门口，程烨头顶正上方的位置。他瞥了一眼一脸茫然的程烨，嘴巴向下撇了撇，咬肌凸起，认真地打量着这个女孩。

程烨慌乱中赶紧扯出一个讨好的笑脸，忙不迭地站起身想要跟上，结果一个不小心，橘子皮撒了一地。

王晓宇回过头，空气中弥散着淡淡的橘子香气，让人莫名觉得心情很好。

这节课是程烨班的体育课，为了搞清楚自己目前最迫切的需求，她理所当然地决定翘课继续跟着王晓宇。

王晓宇回到自己的座位上，把桌上杂乱无章的本子和从同桌手里抢来的破破烂烂的游戏机一股脑儿地扔到书包里，斜着往身上一挎，顺手拿了桌上剩下的半罐可乐，也不管正在讲课的语文老师，越过在门口探头探脑的程烨，径直往外走去。

"哎，你是要回家了吗？你怎么又翘课啊？你翘课去干什么，打游戏？"程烨快步跟在后面，她的腿比王晓宇短很多，王晓宇迈一步，她需要迈将近两步才能跟上，这就直接导致了两个人走在一起，一个优哉游哉的，另一个则蹦蹦颠颠还问个不停。

他们一路走到学校后门的老墙根，一些废弃的桌椅七扭八歪地扔着，方便了逃课的同学踩着翻墙。

可王晓宇看都没看这些椅子、桌子什么的，他目光朝身后浅浅一瞥，嘴角露出一个微笑。

终于可以甩掉她了。

只见他助跑两下，踩着后墙根凸起的地方，身手灵活地腾空一翻，随即轻盈地落地。

他拍了拍手上的灰，抬起头，眼神凌厉地盯着前面。

眼前这五个小混混，嘴里都骂骂咧咧的，上周因为一些芝麻大的事跟王晓宇结了梁子，如今正拿着砖头、木棍什么的来寻仇呢。

"啊！"程烨费了半天劲儿才踩上一张桌子，笨拙地露出脑袋看向王晓宇，还有那几个凶神恶煞的人，没忍住叫出声来。

王晓宇丝毫没有害怕的样子，他慢悠悠地取下书包，一抬手，准确无误地挂在了程烨的脖子上。

他抻了抻手上的筋，二话没说直接朝着拿砖头的那人飞踢过去。从小就能打的王晓宇完全没把这几个人放在眼里，一下血气上涌，五个人当中，两个被打得动弹不得，年龄最小的那个见状迟迟不敢上前。另外两个男孩急了眼，抢着棍子就朝王晓宇头上砸了过去，一个被王晓宇踹开，另一个人的棍子狠狠地击在王晓宇的头上。

程烨眼看着血一下就顺着他的头顶和耳根流下来，她慌忙拿脚踢下一只鞋子，砸翻一把本就摇摇欲坠的椅子，咣当的声响过后，她冲身下方向喊道："老师！就是这边！他们聚众打架！"

王晓宇意味深长地看了程烨一眼，撇了撇嘴，依然没有说一个字，连吼都不吼一声地拎起棍子，朝最横的那个人抢过去。一声惨叫，几个小混混连滚带爬地落荒而逃。

"包。"王晓宇轻喘着气靠到墙上，头都不侧一下，手直接伸到程烨的脑袋前。

程烨费力地双手撑墙，腿翻过去之后，直接坐在了墙上。

王晓宇的包还在她的脖子上挂着，她丝毫不在意，从自己的包里翻出一袋湿纸巾，低头在王晓宇头上的伤口处轻轻吹了一下。

他的个子高，即便是坐在墙头上，程烨弯下身也就比他高出来一点点。

凉凉的气息掠过王晓宇湿热的伤口,他打了个激灵,不由自主地回头:"你……"

他想说"你干什么",话还没全说出口,嘴角就擦过程烨细细的发丝,一时间,他整个人都僵在原地。

程烨自顾自地拿了一张湿巾出来,小心翼翼地沾了沾王晓宇的伤口。她有一只脚没穿鞋子,有一搭没一搭地轻轻晃着,边轻轻地给王晓宇擦着伤口,边发出"咝咝"的声音。

王晓宇不知道她在"咝咝"什么,明明受伤的是自己,可刚才她带着橘子味香气的发丝掠过自己的嘴角的时候,他就仿佛被定住了,一动都动不了。

很久了,自从奶奶去世,就再也没有人这么对待过他,这么主动坚定、细致入微,仿佛他也是值得被珍惜的。

就在这一刻,王晓宇觉得自己万年冰冷的心,忽地动了一下。

程烨擦干净他头上和脸上的血,把用掉的湿巾尽数塞到自己的包里,这才想起来自己刚才踢掉了一只鞋。

她把脖子上的包取下来挂在王晓宇的肩上:"你等我一下,我还得翻回去取一下鞋子,马上!"程烨像极了王晓宇的小跟班。

被挂在王晓宇肩上的包滑落到地上,程烨听到闷闷的落地声,她着急地蹬上鞋子,费力地再次翻过墙,却发现安静的小巷子里已经空无一人。

"我还想陪你去医院呢……你这人怎么这么不知道感恩啊!"程烨嘟囔着,不死心地往左右都看了看,见真的是没人影了,才费力地爬回了学校。

不远处的矮墙后,王晓宇靠着墙根坐着,点了一根烟,在树的阴影中,隐去了所有情绪。

王晓宇不想让程烨在放学之后还跟着自己回家,因为,他有一个羞于启齿的秘密。

他要去接哥哥回家,一个傻哥哥。

傻哥哥名叫王大宇,患有先天性中度智力障碍。因为小时候一次突发的脑炎,导致智力衰退严重,有情感、认知、语言等多项障碍。因为王大宇无法像正常人一样上学、外出、与其他人交流,外人也就很少知道,他原来还有一个哥哥。

傻哥哥什么都干不了,却得吃、穿、住,这对跟奶奶相依为命的王晓宇来说,实在是个很大的负担。

小时候,他们跟奶奶一起住在老楼里。隔壁的小朋友从来不带着他们玩,还经常嘲笑他,向他和哥哥扔石子。他们对着他喊:"大傻子家有个小傻子,小傻子长大变大傻子!"

每每此时,他都一把推倒那些不带他玩的小朋友,然后再跟着奶奶逐一去对方家里道歉。他恨极了这个世界,也恨极了这个哥哥。

奶奶年迈,能做的事情越来越少,家里的重担渐渐地都压在了王晓宇的身上。

直到去年,奶奶去世了,王晓宇就只剩下了王大宇,从此相依为命。

王晓宇慢慢长大了,懂事了,可他还是觉得有个这样的哥哥是低人一等的事情。在上高中的时候,他自作主张地改掉了中间的"小"字,因为看见"王小宇"三个字,他就总能想到家里那个一日三餐吃喝拉撒都等着自己的傻哥哥,以及那不堪回首的噩梦般的童年。

自从见证过王晓宇以一敌五后，程烨敏感地感觉到王晓宇对她的态度软化了。最明显的变化是，某一天的午休时间，王晓宇居然主动来她班里找她。

他还是像往常一样手里拿着一罐可乐，边漫不经心地靠在墙上等她，边抬手喝一口可乐。

见程烨出来，王晓宇站直身体，直接开口道："今天晚上有个聚会，兄弟们说叫你一起。"

"聚会？为什么会叫我啊？"程烨一脑门问号，还没来得及再多说几句，王晓宇就径自离开了。

"自己问他们去。"他的态度依旧很冷淡，留下这么一句意味不明的话。

程烨在原地愣着的工夫，方念念探出身来看热闹，见程烨蒙蒙的，推了她一把："追过去啊！"她这才反应过来，立马跟了上去。

"聚会是在什么地方呀？"

"具体时间呢？我放学先去找你？"

"哎，是不是说，以后我就可以去禁忌天台了？"

程烨一路小跑跟在王晓宇身后，叽叽喳喳地问个没完。

"你有完没完。"王晓宇语气淡淡地停下脚步。程烨没来得及刹车，脑门没有一点缓冲地撞在他又宽又硬的肩胛骨上。

他应该是刚吹过冷风，校服外套凉凉的，有一股好闻的洗衣粉味道。

看着程烨被撞红的脑门，王晓宇的第一反应竟然是，怎么皮肤会这么嫩，稍微一撞就红成这样，他盯着程烨的脸看，不一会儿，两人目光交会，于是赶紧尴尬地挪开躲闪。

他有点后悔答应了兄弟们的要求，眼前这个小朋友，分明应该是下了课就回家，被父母老师好好保护起来的乖宝宝，跟他们这一帮子玩到一起，总觉得有点格格不入。不过说起来，事情还都怪那几个小混混。

上次斗殴被程烨遇到之后，他们又约了一架，这次还没开始打，两边就互放狠话，对方说上一次要不是那个妞他们一定不放过王晓宇，这边就问哪个妞，说着说着，程烨也就成了王晓宇的救命恩人。

当然架还是没能免，只不过这次王晓宇故意白给对方一顿好打，两边彻底划清界限，井水不犯河水。

深秋时节，即便有太阳晒着，天台上的温度还是比平常低了一些。

程烨紧了紧自己的外套，王晓宇的兄弟们就围了过来。几个人你一言我一语的，程烨才算是听明白了怎么回事。

她从黄毛手里接过一罐可乐："你们这儿是成箱批发可乐的吗？"

王晓宇瞥她一眼，依旧没什么言语，坐到程烨第一次见他时他待的那根横梁上。

凉凉的风吹着，眼前开阔又敞亮，程烨灌下去一口可乐，突然有一种豪迈感。是因为这个，王晓宇才这么喜欢这个地方、这么喜欢可乐吗？

当天夜里，程烨就得到了答案。

这是程烨第一次参与这样的聚会，在一个小火锅店里，一堆人围着一个铜锅。

"十五二十五！""十五二十五！"

"一只青蛙一张嘴，两只眼睛四条腿！两只青蛙两张嘴！四只眼睛八条腿！"

各种划拳行酒令的声音不绝于耳，王晓宇就那么神色冷清地坐在那儿，一只脚搭在程烨椅子腿的中间，胳膊肘支在自己的腿上，手上夹着一支烟，独自吞云吐雾。

程烨很快就跟这帮兄弟混熟了，尤其是黄毛李凯，因为她是王晓宇的救命恩人，他简直把她当神一样地供着。

"我说李凯同学，你得把这杯喝了，我刚才十五赢了！"程烨替李凯把酒满上，轻轻巧巧地推到他的面前。

"你赢了吗？刚才我比了个十啊……"李凯已经喝得晕乎乎的了，程烨耍赖使劲点头："没错没错，我比了五，喊了十五，这不就是赢了吗！"

她的小动作被王晓宇尽收眼底，刚刚她明明比出了十，但是动作很快地收回了一只手，也就是仗着李凯喝大了，她才能这么肆无忌惮地睁眼说瞎话。

李凯把酒一饮而尽："行！你问吧！"

喝酒之前定了规矩，谁输谁就要回答对方一个问题。

她使劲甩了甩头，想了半天，非常认真地凑近李凯的耳朵问："为什么你们批发了这么多可乐啊？"

"就这？"李凯抬高嗓门，"就这问题嫂子你直接问就行！用得着灌醉我吗！"

"谁是你嫂子！"程烨急吼吼地捂住他的嘴，心虚地回头看了王晓宇一眼。不知道是夜色太重还是她也有点醉了，她觉得王晓宇的眼神已经染上了迷离的色彩。

"你好好说！小点声！"她使劲拍了拍李凯的胳膊，李凯"嗷"的一声,比了个"嘘"的动作,气音迷迷糊糊地说道:"这个啊,就是哥几个第一次打架的时候,我们都被打趴下了。宇哥路过,看到我们的校服是一个学校的,就行侠仗义,拔刀相助,一个人打了对方六个,那帮人那叫一个屁滚尿流。"

"我问的是可乐!"程烨使劲捏了捏他的脸。

"哎,你别急啊,我这不是没说完嘛。他们走了以后呢,留了一桌子还没打开的可乐,宇哥就开了一瓶,气定神闲那样儿,一看就是老大。你知道吗?所以我们就老买可乐,这叫仪式感,你知道吗嫂子……"

程烨使劲打了李凯一下,像是做错事一样瞟了一眼王晓宇,又迅速低下头。

就是他当初在晨光中喝可乐的样子,像极了那句她喜欢得不行的"冰冷的啤酒,带着阳光味道的衬衫",让她这么久以来经常回想起第一次见他时的场景。

爱喝可乐的人多了,她也曾经觉得自己对这个问题的执着有点可笑——喜欢什么饮料还需要原因吗?没想到,他喝可乐真的有原因,而且是为了这么个见了鬼的仪式感?!

"行了,太晚了,我送你回家吧。"王晓宇突然起身,扬了扬下巴,示意程烨站起来。

她已经问到了自己想知道的,自然也没什么好磨蹭的,麻溜地起身,没承想起得太猛,一下有点犯晕。

"没事吧你。"王晓宇蹙了蹙眉,虚扶了她的胳膊一下,见她站稳了,迈开步子往外走。

程烨还是有点晕,目光掠过店里的昏黄灯泡,觉得比平时多出来好几圈鹅黄的光圈。

两个人一前一后地走在深夜的小巷子里，似乎为了照顾程烨的速度，王晓宇刻意放慢了步伐。

程烨感受到一种奇怪的气氛，也许是从一致的步调中，也许是因为两人彼此沉默，总之她觉得酒桌上问的问题很白痴，而自己真正要得到的答案，在这一刻不问自明。

藏蓝色的天空，莹黄色的月光，程烨觉得自己的脸有点发烫，以至于很多年以后，她再想起这个夜晚，心中仍然铺满暖洋洋的橘色。

（三）

日子过得飞快，转眼，上学期结束了。今年，翁源的冬天比以往更冷一些。

一大早，程烨换上厚毛衣，胡乱地往嘴里塞了几口面包，就边往外冲边冲自己爸妈喊道："我迟到了！要赶紧走了啊！"

"牛奶牛奶！"程母紧追慢赶地，手里刚端起牛奶，就听到撞门的关门声。

又是一天。

程烨家离学校近，一路小跑到校门口，身上已经出了一层薄汗。

"跑这么快，离开考还有一会儿呢。"程烨往学校冲的时候，刚好方念念从拐角处拐过来，自行车急急地刹住，差点撞到程烨身上。

"啊，我以为我要迟到了呢！"程烨看见方念念，抬手看了一眼腕表，这才松了一口气，一屁股坐在自行车后座上，跟方念念一起大摇大摆地晃进学校。

今天是期末考试的第二天，考完之后还有个家长会，之后就正式进入寒假模式了。

几个月的时间像流水一样滑过，这几个月来，程烨的变化方念念都看在了眼里。

她从一个不谙世事、只知道沉浸在自己英文世界里的小姑娘，变成现在这样——有人情味也活泼了许多。

谁说人是不会变的呢？

"寒假有什么安排吗？"方念念把车锁好之后，随口问道。

"就还那样，周末去医院做护工志愿者，然后就是见亲戚串门什么的了。我爸妈肯定又都给我排满了，寒假真是无聊……"程烨扯着自己的背包带，眼睛已经瞟到了理科部。

"你跟校草小男神怎么样了？"方念念见她没主动提起，拿肩膀撞了撞她，眼神里带着一丝揶揄。

按理说，女追男隔层纱，最近眼看着程烨去天台的次数越来越频繁，方念念觉得程烨应该已经看清自己的想法了。

程烨听到她的问话，却低下了头，脚尖在地上画了个小小的圈，然后轻轻叹了口气。

她可能，真的是喜欢这个叫王晓宇的人。可她总觉得，王晓宇在自己周围竖了一道高高的墙，她进不去，但更不想离开，只能在原地打转。

"先考试吧。"程烨深深吸了一口气，发丝随着风轻轻动了动，随即归于平静。

家长会如期而至，把程母领进教室安顿好之后，程烨就先溜了。

她是文科生，数学成绩不太好，可英语成绩好，反正以后她是要读外语学校的，所以家长会她没什么好担心的。

从高三楼出来，鬼使神差地，她看了眼禁忌天台的方向，不由自主地走了过去。

天还亮着，远处有很磅礴的火烧云，绚丽的天色把天台也染成彩色的。

熟悉的横梁上躺着一个一身黑衣的人,旁边放着一罐可乐,还是往常的样子。

程烨轻手轻脚地走近,看他闭着眼睛,单手枕在脑后,也是往常的样子。

王晓宇的眉骨很凌厉,嘴角又习惯性地往下垂,偏偏目光总是很冷清,每每把试图接近他的人拒之门外。

趁着他睡着,程烨坐到离他很近的地方,仔仔细细地研究起他的脸来。

她的手指顺着他的鼻骨描摹,不知不觉间,自己的嘴角已经偷偷翘了起来,等她意识到的时候,慌乱地收起自己的手,捂住嘴,小声地轻喘了几口气。

等呼吸平复以后,她才站起身,走到天台边缘,在凉风中望着远处的晚霞隐隐出神。

听到她走远的脚步声,王晓宇松了一口气,慢慢睁开眼睛,温柔地歪头看向那个小小的身影。

刚才程烨的一举一动他都感受到了,可他不知该做何反应,只能装睡。

或许每一次的方寸大乱,都是源于那些即将破茧而出的心意吧。

"喂。"王晓宇喊出这一声的时候,分明看到程烨被吓得一激灵。

她怔住,站在原地,永远都是一副傻傻的样子。

"啊……你……"程烨背对着王晓宇,紧闭着眼恨自己是这么嘴笨。

"嗯……我是想说,你睡醒了?"憋了半天,好不容易憋出这么几个字来,程烨这才舒了口气。

"你在等家长开家长会?"王晓宇还是那么干净利落。

"哈,没有,我才不用等她。"程烨放轻松了一点,往前走向天台的一角。

她百无聊赖地捋了捋耳边的碎发,目光又放回到那片很美的火烧云上。

"那你怎么还不回家?"王晓宇跟了过来,两个人并肩而立,程烨侧过头,刚刚到王晓宇的肩膀。

怎么还不回家?我怎么知道我怎么没回家,而是来了你这儿。

程烨默默腹诽,又赶紧岔开话题道:"那你呢?是在等家长吗?"

"没有。"王晓宇默不作声,半晌,才又接了句,"我已经没有家长了。"

听到这句话,程烨张了张嘴,什么都没来得及说,就见王晓宇笑了。

他很少会笑,如今这样的笑容带着沉沉的情绪,反倒更加忧伤。"我送你回家吧,马上就天黑了。"说着,他转身去拿书包。

看着他的背影,程烨第一次感觉到,他是那么……

落寞。

就像之前跟方念念说的一样,寒假真是无聊。

临近春节,她每天都被打扮得像洋娃娃一样,见各种人,参加亲朋好友间的饭局,扮演爸妈最喜欢的那种乖乖女。

这不,布满水晶灯的酒店包房里,程烨穿着一件粉色带花边的小洋装,在大人们的推杯换盏中,格外不自在。

无聊极了,她偷偷把耳机塞进耳朵,嘈杂的环境顿时被BBC的英文播报掩盖,一则又一则新闻。程烨家是当地上流家庭,父母都是上流人士,所以对她来说,从小一直衣食无忧,唯一的梦想,就是能考上那所外国语学校,做个优秀的翻译。

当天的新闻很快就听完了,大人们的社交活动却还没结束。这个酒店离她做志愿者的医院很近,这么想着,程烨趁着没什么人注意她,拿了外套就悄悄溜了出去。

平时她都是在周末的白天来帮忙做护工的,这还是第一次晚上过来。

从一楼大厅拐个弯,西配楼的尽头就是残疾人救助组织的基地了。这个组织收留白天的时候没家人照顾的残疾人,等晚上家人下班了,再把残疾人接走。

程烨也是无意间来医院看病的时候才知道的这个组织,从此就开始在每年的寒暑假来做志愿者。

这个世界有时冷有时暖,程烨觉得,只要能在自己暖的时候把手伸出来,冷的时候自然也就能有人递来一杯热水了。

已经晚上八点多了,仍然有几个人在等着家人。

程烨推门而入,见到这几张熟悉的面孔,一下就咧嘴笑了。

"吃饭了吗?我刚路过小吃铺买了点烧卖。"她把几袋打包的饭盒举起来晃了晃,几位残疾人就笑呵呵地围了过来。

"柯爷爷,你也来吃一点啊!"

"小玲,你慢点,别噎着哈!"

"大王,你别直接拿手抓,洗手没啊?"

程烨把饭盒一打开,就有点手忙脚乱地开始指挥。门口有个熟悉的身影一闪而过,她仔细看了看,很快又空无一人。程烨耸了耸肩,以为自己眼花了,来不及多想,就被柯爷爷拉住手聊了起来。

一门之隔,王晓宇有些慌张地靠在墙上,深深地吐了一口气,顺着墙根蹲了下去。

玻璃门内欢声笑语,他能听到自己那傻哥哥黏人地让别人也多吃一点的声音,也能听到程烨爽朗善良的笑声。

翁源真小,程烨居然认识哥哥。

王晓宇平时都在上课,周末和假期就出去打工赚钱。虽然父母去世的时候给他们留了一笔钱,但日子还长,哥哥还需要定期支付医药费,他只好尽可能地去赚钱。

可他高中还没毕业,能做的工作基本上就是没人看得上的脏活累活。为了生计,没办法,白天他只能找个地方帮忙照顾自己的傻哥哥。

他平时都是晚上下班才来,而程烨即便过来做志愿者也都是假期的周末白天,因此这么久了,两个人居然都没遇到过。

他不想让别人知道自己有个这样的哥哥,小时候被排挤被骂怪物的经历让他无比惧怕。他害怕别人知道了他有一个这样的傻哥哥后,会用那种异样的眼神看他,那种充满嘲讽、鄙夷和憎恶的眼神。

连他自己都不知道,他平日里那副冷冰冰的、生人勿近的样子,到底更多的是在排斥别人,还是在保护自己。

而现在,站在他面前的,大概是全世界他最不想告知这个秘密的人,不知道为什么,就是觉得她不应该知道这些。

夜越来越深,程烨被父母一个接一个的电话催得终于待不住了,这才起身准备离开。

偌大的房间内，此刻只剩下傻乎乎的大王。

程烨抬手摸了摸他的头："你家里人还没来吗？经常这么晚吗？"

大王懵懂地看着她，慢吞吞地点头："弟弟！累！"

"那好吧。"程烨不舍地看了眼门口，白炽灯照得走廊就像白天一样。掩门离开的时候，透过玻璃看到里面傻乎乎但又单纯得近乎透明的大王，程烨内心闪过一丝不忍。

她轻轻咬了一下嘴唇，离开了。

直到看到她的身影消失，王晓宇才从黑暗的角落里走出来，他在原地站了一会儿，推门而入。

南方的天气回暖得格外早，临近春节，翁源的桃花已经都开了。

这里的庙会跟别的地方都不一样，红灯笼映衬着桃花，是别的地方都看不到的美景。每年过节，程烨都会约方念念去看桃花，今年也不例外。

要说不一样的话，倒是也有一点，今年她还想约个人。

可上次天台见面后，两个人都好像有了什么误会，再想起对方，竟觉得有些生疏。不管怎么想，她都觉得他不会出来。

想到最后，程烨决定用迂回策略，去约李凯好了。元宵节，哥们儿约着总得一起出来吧。

她欢欢喜喜地给自己选了一件大红色的外套，搭配好之后再看手机，果然，战略达成！

接下来静静地等着明天就好啦！

这一晚程烨怎么也睡不着，翻来覆去地在被子里打滚，"啊"了一声，仰面把自己摔在床上，望着空无一物的天花板，又"嘿嘿"地笑了起来。

红彤彤的人和素色的寺庙一点都不搭,王晓宇走到禅寺门口时,看到的就是这样的景象。

程烨比约定的时间早到了一会儿,独自在门口的样子,让王晓宇觉得有点……可怜?

这个念头在他脑海中一过,他就笑了。

她那么没心没肺的,好像几乎没有烦恼,又怎么会可怜。

果不其然,看到他走过来,程烨立刻扯出一个大大的笑容,两眼弯成线,一副好开心的样子。

"元宵节快乐!"她从包里的两个饭盒之间,小心翼翼地拿出来一串炸汤圆,"这个就带了一串,我自己炸的,幸好你是第一个来的,不然就吃不到了!"

王晓宇接过汤圆,咬了一口,看到程烨期待的眼神,低声说了句:"嗯,好吃。"

然后转过头,强忍着吃完了一整串又硬又油的炸汤圆。

大部队集合的时候,寺门口已经很多人了。排队进门,直奔桃花林。

等走到桃花林的入口处,大家发现少了一个人。

"刚才还跟我拉着手来着,我就中间松了一下手,怎么人就没了呢!"方念念急得脑门上出了细细密密的汗。

"这傻大姐,估计人太多挤散了。"李凯踮脚张望,"不然咱们分头找找吧?"

"不用。"王晓宇抬头看了看身后乌压压的人群,"分头的话一会儿更难集合了,你们在这儿等着,我去找,谁都不要乱走。"

交代清楚以后,他逆着人群开始往回走。

沿途都是小吃摊,一路走过来大家边走边吃了很多东西,她应该不会为了一点吃的掉队。这么想着,王晓宇的目光看向对面拐角处,有一个人挤人的摊位,露出来的招牌上有个"算"字。

他脚步一顿,远远地看到人群中有一个格外扎眼的身影,火红的衣服上搭了一条白围巾。

王晓宇松了一口气,大步流星地走过去,隔着几圈人墙,长手一捞就准确无误地拽到了程烨的帽子。

程烨只觉得脑门一凉,抬起头,眼看着自己的帽子被人拽走了。

她仰着头,头都快折过去了,正好对上王晓宇的目光。

"到处瞎走不用说一声的吗?"王晓宇怕她倒着栽过去,拿帽子的手从人群中穿过,隔出一条窄窄的过道,另一只手扶了扶她的后脑勺,随后手往下一移,移到了她的衣领上,轻轻一拉,就把她拉过了人群。

惯性使然,她在王晓宇的怀里轻轻一撞,随即两人分开。

王晓宇把帽子往她头上一扣:"无组织无纪律。"

被一个校霸说无组织无纪律是种什么样的体验?程烨撇了撇嘴:"我求了个……东西!"

王晓宇看了眼算命的摊位,觉得有点可笑。

见他眼神这么轻蔑,程烨继续说:"我过来的时候没这么多人,我以为马上求完了就能跟上你们呢,没想到……"

"没想到掉了队让大家都等着?"王晓宇接道。看她这么愧疚,他又有点不忍,说:"以后不许这样了,要不是你穿得跟罐可乐似的,我根本就找不到你。"

说完，他伸手又拉住程烨的衣领，拎着她直奔桃花林入口。

夜晚降临的时候，一行人走到了桃花谷的中央。

灯笼映照着盛开的繁花，古色古香，让人有种穿越回大唐盛世的错觉。

铺了一张单子在地上，几个人三三两两地扎堆坐了下来。

大家都带了吃的喝的，各自的饭盒往中间一摆，有水果，有小吃，有可乐，不知道有多惬意。

程烨就坐在王晓宇的旁边，两个人一样，都是一只手端着可乐。不同的是，王晓宇另一只手支在自己的腿上，程烨则跟方念念挎着胳膊叽叽喳喳的，说着些女孩之间的话题。

"砰"的一声，烟花在夜空中绽放。

"哇！"两个女孩子几乎是一起蹦起来，跳着脚惊叹出声。

所有人的目光都被绚丽的色彩吸引，连王晓宇的嘴角都染上了一丝若有若无的微笑。

不远处，桃花林也有爆竹声传来，再也没什么地方能比这里的庆祝更热闹了。

程烨兴奋地拽了拽王晓宇的衣袖，不停地指着这儿那儿的，一个不经意的侧头，两个人对上目光，程烨如水的眸子中笑意满满："好不好看，好不好看啊？"一边说，一边又把目光移回到夜空中。

可王晓宇的目光已经移不回去了，他定定地看着程烨天真无邪的侧脸，每当有烟花绽放，就有一道绚丽的色彩在她面上闪过，而他心中，只重复闪现一个词——"美好"。

半晌,王晓宇盯着她弯弯的眼角,喃喃道:"我……"

王晓宇不知不觉地吐出几个字,爆竹声再次响起,程烨回过头,大声问:"你什么?"

王晓宇回过神,自嘲般地扯了扯嘴角:"我……觉得你该回去了!"

而那声"我喜欢你",应该就这么悄无声息地被湮灭在欢天喜地的爆竹声中了。

苑子文

作品